D0720886

La Delphinée

*Deux cent cinquante exemplaires de cet ouvrage
ont été numérotés et signés par l'auteure.*

Dominique Millette

La Delphinée

Roman

Prise de parole
Sudbury
1997

Données de catalogage avant publication (Canada)
Millette, Dominique, 1966-
    La delphinée

ISBN 2-89423-063-X

I. Titre.

PS8576.I557D44   1997   C843' .54   C97-930518-7
PQ3919.2.M55D45   1997

En distribution au Québec: Diffusion Prologue
                            1650, boul. Lionel-Bertrand
                            Boisbriand (Qc) J7H 1N7
                            (514) 434-0306

PRISE DE PAROLE

La maison d'édition Prise de parole se veut animatrice
des arts littéraires chez les francophones de l'Ontario;
elle se met donc au service des créatrices et créateurs
littéraires franco-ontariens.

La maison d'édition bénéficie de l'appui du Conseil
des Arts de l'Ontario, du Conseil des Arts du Canada,
de Patrimoine Canada et de la Ville de Sudbury.

Œuvre en page couverture: serpent en terre cuite du
Kenya, en forme de mandala
Conception de la couverture: Le Groupe Signature
Group

Copyright © Ottawa, 1997
Éditions Prise de parole
C.P. 550, Sudbury (On) CANADA P3E 4R2

ISBN 2-89423-063-X

«C'est témoignage de crudité que de regorger la viande
de la façon dont on l'a avalée. L'estomac n'a pas fait
son opération, s'il n'a pas changé la forme et la façon à
ce qu'on lui avait donné à cuire.»
Montaigne.

On peut, évidemment, interpréter la citation d'une
autre façon: il est parfois justement salutaire, ou
nécessaire, de vomir exactement ce qu'on vient
d'avaler... pour bien en montrer la forme et la façon.

— Tu es neurasthénique. Cela se guérit.
— Je suis lucide. Cela est incurable.
Eugène Ionesco, *La Soif et la Faim*

Avis

Cette œuvre a été écrite sans préoccupation — ni prétention — d'ordre biographique, historique ou encyclopédique. Toute ressemblance, donc, avec des événements de la vie réelle serait le fruit du hasard.

Tous les faits et gestes de cette œuvre sont entièrement fictifs et le fruit du délire créateur de l'auteure.

Petites Notes biographiques

Selon l'Encyclopédie familiale universelle «La tête à Dominique»

(Avec informations supplémentaires tirées du dictionnaire *Robert 2*)

Neruda, Pablo (Ricardo Neftali REYES) 1904-1973. Poète chilien, connu pour son grand romantisme et l'amour de la justice sociale qui se dégagent de ses œuvres.

Élu sénateur en 1943, ses sympathies communistes lui ont valu d'être exilé pendant quelque temps. Revenu au pays, il se lie d'amitié avec l'homme qui deviendra président en 1972, Salvador Allende. Neruda meurt peu après le coup d'état fatidique au cours duquel on assassine le chef politique, dont le mandat est à peine entamé.

Neruda est un pseudonyme, emprunté à un poète de l'Europe de l'est (pour faire plus communiste, au cas où ça n'était pas assez évident).

Pablo a reçu le prix Nobel peu avant sa mort, et ses poèmes sont lecture obligatoire pour les étudiants en deuxième année d'espagnol, au Collège universitaire de Glendon, à Toronto.

Son style passionné et son exaltation caractéristique sont faciles à parodier. Malgré tout, Pablo est assez bon poète. La beauté de ses images est parfois saisissante. On peut citer en exemple «L'Ode à la vie», du recueil *Odas elementales*, ou

Explico algunas cosas («Quelques explications»),
poème revendicateur traitant de la guerre civile
espagnole. Ce n'est donc pas pour rien qu'on l'étudie au Collège Glendon. Ou qu'il a reçu le prix
Nobel.

En tant que Héros de la Justice Sociale, Pablo
est généralement considéré intouchable, sauf par
les jeunes Canadiennes qui l'ont étudié à
l'Université et qui n'ont jamais fait la Révolution
en Amérique latine.

Pablo aimait beaucoup parler de la végétation
et du paysage chiliens, dont il se servait parfois
pour décrire les femmes de sa vie. On retrouve
des exemples du genre dans les *Cent sonnets
d'amour*, ou encore, *Vingt poèmes d'amour et une
chanson désespérée*.

Pablo a inspiré un film: *Le Facteur*, dans lequel
le poète inspire un homme du peuple.

Matilda (Neftali Reyes)
Matilda. Trois syllabes, l'accent sur l'avant-
dernière. Trois syllabes presque chantées, sur un
enregistrement des *Cent sonnets d'amour*.

Qui a été Matilda? Je n'en sais rien. Matilda ne
figure ni dans le *Larousse*, ni dans le *Robert 2*.

Était-elle noble, passionnée, instruite; ou mo-
deste paysanne? Artiste à son tour, d'une certaine
renommée; ou simplement compagne loyale et
bien-aimée?

Je n'avais de Matilda que les quelques bribes
poétiques qu'elle a inspirées et dont j'étais au
courant; je suis partie de ce presque vide. J'ai
développé ces bribes, que j'ai d'abord simplifiées
et exagérées, jusqu'au bout de ce que j'estime leur
logique interne.

Je raconte Matilda comme on raconterait Lucy, première «hominidée» de la Préhistoire; ou encore, l'homme de Java.

Breton, André
1896-1966. Pilier du mouvement surréaliste français qui a connu son apogée durant les années vingt. D'abord étudiant en médecine, en neuropsychiatrie, André Breton s'est vite intéressé à la poésie. Ami d'Apollinaire, de Louis Aragon et de Paul Éluard, mais pas pour longtemps. La rupture éclate durant les années trente.

Breton est auteur des *Manifestes surréalistes* (1924, 1930). Il y rejette tous les règlements... et en codifie soigneusement la procédure. En 1928, il écrit *Nadja*, un «roman-documentaire» qui décrit sa rencontre avec une jeune femme aliénée, en qui il voit l'incarnation de la muse surréaliste. La muse ayant accompli son devoir d'inspiration, il la quitte.

Breton adhère au Parti communiste en 1927. Rupture en 1935. Rencontre avec Léon Trotski lors d'un voyage au Mexique (1938). Breton quitte la France en 1941 pour les États-Unis, où il restera jusqu'après la guerre. Voyages en Arizona et au Nouveau-Mexique en quête de la culture précolombienne. Campagne contre le réalisme social dans un écrit de 1951, où Breton rejette les contraintes que veut apporter le socialisme à la Muse.

Associé à l'écriture automatique et à l'exploration des sciences occultes, le surréalisme cherche à sonder l'inconscient, libéré de toute logique causale, pour atteindre la liberté totale de l'esprit,

sans toutefois sacrifier les vacances d'été, le chauf-
fage central, ou les *Manifestes*, les conférences et
les expositions rétrospectives.

On étudie aussi André Breton au Collège
Glendon, notamment en quatrième année de litté-
rature française dans le cadre du mouvement surréaliste: hypothèses, objectifs, structure, bref, tout
ce qu'a rejeté le mouvement. Cependant, Breton
n'a jamais reçu de prix Nobel. Tant pis pour lui.

Nadja (Léona-Camille-Guislaine D.)

Il existe davantage de documentation au sujet de
la femme qui avait choisi de s'appeler «Nadja»;
parce qu'en russe, disait-elle, Nadja est le commencement de l'espoir (*nadiedja*, ou *nadjedja*), et
que ce n'en est que le commencement.

Léona D. est née le 23 mai 1902 à Lille. Elle est
morte dans l'asile psychiatrique de Sainte-Anne,
dans le Perray-Vaucluse, le 15 janvier 1941[1].

Dans *La Delphinée*, Nadja vient d'abord d'une
interprétation *reductio ad absurdum* des observations d'André Breton. Je développe cet archétype
de Nadja, inspiré de l'exaltation littéraire abstraite,
en me basant d'abord sur les croyances déclarées
des *Manifestes surréalistes* autant que sur le
roman-documentaire éponyme. Encore ce jeu de
reconstruction... quelques bribes, et voilà le personnage.

Nadja évolue ici (selon une interprétation très
particulière, il est vrai) comme si elle avait in-
carné l'idéal surréaliste.

---

[1] Les références à la vie de Léona D. (alias Nadja) sont tirées
de l'œuvre *Pascaline Mourier-Casile commente* Nadja, *d'André
Breton*; 1994, Gallimard.

Réponse élémentaire I

Matilda, femme organique de Pablo Neruda, a les bras de bois tendre, grands ouverts comme le ciel bleu du Chili.

Pablo en fait une terre fertile. Un volcan recouvert de forêts.

«Tu es Cybèle[2] mon amour.»

Cybèle, mère terrible et dévorante, est désormais plus serviable: on a transformé la nature sauvage en champs de blé abondants.

Dame Nature est majestueuse et bienveillante.

Les volcans ne connaissent pas la migraine. Ils ne pleurent jamais, car ils n'ont pas de mauvais souvenirs.

Les femmes organiques sont très gentilles. Elles sont douces et belles. Elles écoutent et rassurent tout le monde.

_____

[2] Cybèle: déesse grecque importée de la Phrygie, Grande Mère, Grande Déesse, Mère des dieux. Assimilée à Rhéa, mère des Olympiens et Olympiennes.

Réponse élémentaire II

Nadiedja, compagne surréaliste d'André Breton, a les yeux tristes et tendres, grands ouverts comme la steppe de la Horde d'or.

André en fait une voyante automatique. Une pythie[3] mécanique.

«Tu es Sibylle[4] mon amour.»

---

[3] Pythie, pythonisse: nom donné aux femmes-oracles de Delphes, à cause de Python, fils de Gaïa. La légende est un vrai téléroman de l'Antiquité, un peu comme un mélange de *Scoop* et de *Superman*. Python est envoyé par Héra pour tuer Leto, mère d'Apollon, qui est dieu de la vérité et de la médecine. Leto est la blonde à Zeus, dieu en chef et mari de Héra. Apollon tue Python pour venger sa mère. Python est clairvoyant. Malgré cela, il ne voit pas venir Apollon, qui lui vole son commerce après l'avoir tué, et raconte à tout le monde que son oracle à lui est un modèle amélioré. On raconte que Héra était autrefois déesse-serpent; donc, dans un mythe encore plus antique, elle aurait été gardienne de l'oracle. Les pythies s'assoyaient sur un trépied, au-dessus d'une crevasse d'où émanaient des vapeurs toxiques (elles n'étaient pas syndiquées, et dans le temps, il n'existait pas de Commission des accidents du travail). Les pythies entraient en transe et disaient n'importe quoi. À côté d'elles, des prêtres notaient leurs paroles incohérentes et en faisaient des poèmes divinatoires, d'habitude assez ambigus, pour ne pas se tromper. Ça marchait à la planche.

[4] Sibylle était convoitée par Apollon. En échange de ses grâces, elle lui demanda de vivre un nombre d'années équivalant au nombre de grains de sable qu'elle pourrait tenir entre

La sage Sibylle de l'Antiquité, sœur célèbre des pythies de l'oracle de Delphes, est au service du poète moderne en mal d'inspiration instantanée.

Les voyantes n'existent pas. Ce n'était qu'une délusion de grandeur, une folie classique dont la seule lucidité est celle du délire créateur.

Les pythies ne font pas la cuisine et disparaissent au coucher du soleil.

------

ses mains. Ce qu'Apollon lui accorda, après quoi elle ne voulut pas lever son jupon. Furieux, Apollon omit de lui donner la jeunesse éternelle. Lorsqu'on est dieu, on peut faire beaucoup de mal aux femmes qui ne jouent pas à la pute comme on le souhaiterait... Donc, Sibylle apparaît souvent comme une vieille mégère très sage. On a par la suite appelé «Sibylle» toutes les vraiment bonnes prophétesses, comme la Sibylle de Cumes, qui avait neuf livres qu'on disait receler les secrets de la vie, de l'univers, etc... Tarquin, dernier roi de Rome avant la République, voulut lui acheter la collection. Pas bête, la Sibylle lui a demandé une somme astronomique. Tarquin, trop macho pour accepter les ultimatums, a refusé. Mais la Sibylle (étant voyante et tout) savait très bien à quel point Tarquin voulait mettre la patte sur sa bibliothèque. Elle a donc brûlé ses livres un à un, jusqu'aux trois derniers. En voyant ça, Tarquin a fini par acheter les derniers livres au même prix que la Sibylle demandait pour le «set» au complet. En tous cas, elle avait une bonne tête pour les affaires. De son côté, Tarquin a bien appris sa leçon. Les livres de la Sibylle sont disparus depuis.

Celle-qui-mange-des-fleurs

Matilda a treize ans. Elle accompagne sa mère à la grotte sacrée où on vénère la Vierge de la Pampa. Il leur faut marcher loin de l'oasis où se trouve le village.

La mère de Matilda s'approche de la grotte vénérée. Elle dépose une grappe d'orchidées aux pieds de la Madone.

Matilda s'accroche à sa maman. La statue de la Madone est très belle, mais la grotte est sombre.

D'étranges spirales sont gravées dans le roc. Sur les parois mal éclairées, on devine les grimaces de gargouilles oubliées.

Devant les cierges à la flamme vacillante, Matilda et sa mère prient la Madone d'envoyer vite une pluie abondante. Selon la légende, la Vierge de la Pampa exauce tous les vœux.

Un vieil homme solitaire, qu'on appelle *El loco de la Virgen*, regarde passer les deux femmes blanches. Il habite tout près, dans une hutte de branches. Personne ne sait d'où il vient. Il n'a pas de famille et parle peu aux étrangers. Il observe les pèlerinages, comme s'il veillait sur la statue.

La grotte, où habitait la Déesse lunaire
A depuis longtemps changé de locataire
Voilà une bien étrange Divine Sœur
Qui se nourrit de cire, de feu, et de fleurs

Nadja chez les médecins

Nadiedja a douze ans. Son papa a quitté sa maman. Il l'a quittée pour une autre, qui n'avait pas les traits tirés par la besogne ou le souci, qui n'avait jamais été mère...

La maman de Nadja pleure beaucoup. Elle crie et s'agite en tourment dans la maison désertée.

Chien sale chien sale chien sale après tout ce que je t'ai donné.

Nadja n'aime pas voir pleurer sa maman. *Si je n'avais pas été là*, se dit Nadja, *papa serait peut-être resté...* Elle veut racheter sa faute. Elle embrasse sa maman. Elle lui apporte du thé et des biscuits. Elle regarde sa maman de ses grands yeux sages comme une image.

Mais la maman de Nadja a les yeux égarés de douleur. Elle ne voit plus Nadja. Elle ne voit que les murs recouverts de silence. Elle attend son mari. Il avait promis de l'aimer pour toujours, comme dans les chansons. Il va revenir...

La maman de Nadja attend et attend, mais son mari ne revient pas.

La maman ne se regarde plus dans le miroir, parce que ça la fait pleurer.

Elle s'enferme dans sa chambre.

Nadja ne vient plus déranger sa maman.

Elle commence à dessiner. Les dessins de Nadja deviennent de plus en plus grands. Ce sont des dessins à l'encre de Chine. L'encre est très noire. Les dessins sont denses et pleins de spirales.

Nadja montre ses dessins à sa maman. Sa maman ne les aime pas. Elle sursaute. Elle les jette à la poubelle. Parfois, elle les brûle. Elle lui dit de jouer et de lire des livres.

Nadja cesse de dessiner. Elle ne veut pas jouer. Elle détruit ses poupées. Elle les jette à la poubelle. Parfois, elle les brûle.

Sa maman n'aime pas ça. Elle sursaute. Elle se fâche et ensuite, elle pleure. Elle enferme Nadja dans sa chambre sans lui donner à souper.

Nadja pleure beaucoup. Elle crie et s'agite en tourment.

Un jour, la maman de Nadja l'emmène à l'asile, puis s'en va. Les Médecins entourent la jeune fille. Nadja observe les Médecins. Ils ont tous des calepins et des longs manteaux blancs. Ils chuchotent entre eux, comme dans les cathédrales.

C'est un Mystère, se dit Nadja.

Une garde-malade sourit à Nadja et l'invite dans une salle toute blanche. Dans la salle, il y a un pupitre, comme à l'école. Sur le pupitre, il y a des papiers. Ce sont des tests. Nadja réussit bien à l'école. Elle s'assoit à son pupitre. Le test a des drôles de questions, pas comme à l'école. Les questions sont intéressantes. Nadja réfléchit. Elle écrit les réponses et les donne à la garde-malade.

La garde-malade jette un coup d'œil rapide sur les papiers. Elle se frotte les yeux et secoue la tête. Nadja la regarde intensément. Le regard étonné de la garde-malade passe de Nadja aux papiers, puis des papiers à Nadja. La garde-malade remet les papiers à un des Médecins. Le Médecin a un haut-le-corps. Nadja doit tout refaire, cette fois sous les yeux du Médecin. Nadja est sage comme une image. Elle refait le test. Le Médecin la regarde intensément. Il écrit dans son calepin.

Nadja attend patiemment que sa maman vienne la chercher. Elle doit revenir. Elle a promis.

On garde Nadja à l'asile, pour l'observer, lui dit-on. Nadja se sent bizarre, comme une bactérie en mutation. Les gardes-malades sont gentilles. Les Médecins lui posent des questions et notent ses réponses dans leurs calepins. Cela doit être important. Ce qui est écrit est important, parce que c'est comme ça à l'école.

Nadja se promène dans la cour de l'asile. Sa maman n'est pas venue.

Nadja se retire dans sa chambre. Elle dessine et dessine.

On donne d'autres tests à Nadja. Sur les papiers, il y a des drôles de dessins qui ressemblent aux dessins de Nadja. Les gardes-malades gentilles demandent à Nadja ce qu'elle voit dans les dessins. Nadja le leur dit.

Chien sale chien sale chien sale après tout ce que je t'ai donné.

Les gardes-malades sursautent. Elles ont les yeux ronds comme des billes. Elles ont l'air triste.

Les Médecins arrivent avec leurs calepins et leurs grands manteaux blancs. Ils ont l'air très sérieux. Ils chuchotent et chuchotent et secouent la tête.

Nadja se sent coupable. Quelque chose ne va pas. On ne veut pas lui dire ce que c'est.

Les Médecins posent de drôles de questions à Nadja. Elle répond machinalement. Les Médecins hochent la tête et haussent les épaules. On donne des pilules à Nadja. Ce sont des médicaments pour la guérir, lui dit-on. *Me guérir de quoi?* demande Nadja. *C'est un dérèglement*, lui disent les gardes-malades. *Tu n'es pas bien. Ça sera mieux comme ça.*

Nadja dessine et dessine sa tristesse. Elle prend ses pilules, parce que ça ira mieux comme ça et qu'elle aura le bonheur, comme dans les chansons et les livres.

Peut-être que sa maman reviendra si Nadja dessine comme il faut. Nadja change ses dessins pour que sa maman ne soit plus triste et l'aime beaucoup. Elle montre ses nouveaux dessins aux gardes-malades gentilles, qui sourient à Nadja. C'est bien. C'est joli. Najda dessine et dessine en attendant sa maman. Elle a de l'espoir.

Les jours passent et deviennent des semaines. Les semaines deviennent des mois.

Un jour, Nadja veut dessiner le visage de sa maman. Elle ne peut pas. Elle a oublié.

Nadja en a assez de l'asile. Elle en a assez des Médecins. Elle ne veut plus dessiner. On lui dit de jouer et de lire des livres.

Nadja ne veut pas jouer. Elle n'aime pas les poupées. Elle lit beaucoup.

Sa maman ne revient pas.

Elle ne reviendra pas, se dit Nadja. Elle ne reviendra jamais.

Chien sale chien sale chien sale après tout ce que je t'ai donnée.

Nadja s'enfuit de l'asile. On la capture. Nadja hurle et s'agite en tourment.

On l'enferme. Les Médecins chuchotent. Ils écrivent dans leurs calepins. Diagnostic: drapétomanie — désir incontrôlable qu'a un esclave de s'échapper de son maître[5].

Nadja sort de l'asile après plusieurs années.

On lui a donné beaucoup de pilules et de thérapie.

Ça devrait aller mieux comme ça...

---

[5] La description du désordre de la drapétomanie est tirée du *Diagnostic and Statistical Manual of Mental Disorders*, 1952.

Hermanos para siempre

Près de la bicoque familiale, Matilda surveille ses petits frères. Ils jouent aux *gauchos* et aux Indiens, oubliant les estomacs qui grondent.

L'aîné est le chef des *gauchos*. Il défend la terre contre les sauvages. Deux de ses frères lui servent d'acolytes. Le cadet, de son côté, doit jouer le rôle du méchant chef indien qui veut tuer les femmes et les enfants des braves pionniers, comme dans les histoires que racontent les vieillards.

Chétif, le jeune sauvage improvisé ne paraît pas très menaçant. Qu'importe: il faut suivre les règles du jeu. Armé d'un bâton en guise de carabine, l'aîné fonce en criant: *À mort les sauvages!* Il roue de coups le cadet, qui se met à pleurer. Les deux *gauchos* auxiliaires proclament la victoire et se joignent à leur commandant.

Matilda accourt et semonce les agresseurs. *Qu'est-ce que cette idée de battre votre petit frère qui ne vous a rien fait?* leur crie-t-elle. Le cadet se blottit contre sa sœur aînée, fléchissant sous les quolibets des autres. *Poule mouillée. Tu ne seras jamais brave. Tu ne pourras jamais te défendre ou te battre.* Leur mépris fait pleurer le cadet de plus belle.

Matilda le réconforte, le cœur serré. Elle n'a pas le courage de punir les autres pour le méfait. La vie est déjà trop dure. À quoi servirait un coup de plus?

Elle songe à son oncle, mort dans les mines de cuivre loin du village, qui la battait lorsqu'elle était petite. Sa mère la dorlotait alors à son tour. *Il ne veut pas te faire de mal. Il est comme ça. Il ne connaît pas mieux. On l'a torturé jadis. Il faut comprendre. Il faut pardonner. Il est ton oncle. Il t'aime beaucoup, tu sais.*

Matilda observe l'aîné s'éloigner en compagnie de ses deux complices, l'orgueil avivé par la conquête. Les pieds nus des enfants soulèvent la poussière du chemin. Leurs loques battent au vent.

Peut-être y aura-t-il quelque reste de nourriture dans les poubelles des riches.

Les estomacs de Matilda et du cadet grondent à l'unisson.

Chanson tartare

Enfermée entre quatre murs ternes, Nadja rêve à la Tartarie[6].

Je veux être une princesse kalmouk, dans une yourte ouverte aux quatre vents. Ma maison mobile n'attend que de meilleurs pâturages. Je veux partir à cheval, de la viande crue sous ma selle. Sur les steppes éternelles de l'Asie profonde, je veux boire du lait de jument fermenté.

Les Kalmouks se taillaient les joues. Ainsi, la barbe ne poussait pas.

Je veux me tailler les jambes afin ne pas avoir de poils. C'est plus élégant de ne pas avoir de poils.

Nadja veut être Cosaque, comme dans les livres. Les Cosaques ont de beaux costumes bleu et rouge avec des manches bouffantes, de belles bottes noires et de grands sabres courbés.

------

[6] On appelait autrefois Tartares tous les peuples nomades de l'Asie centrale (Kalmouks, Tchétchènes, etc...). Le mot Tartarie conserve toujours une certaine résonance poétique. En passant, les princes tartares ont dominé le cœur de la Russie jusqu'à leur conquête par Ivan le Terrible, qui méritait bien son nom. Considéré le père des Russes, ce tsar serait sans doute traduit devant un tribunal pour crimes de guerre aujourd'hui. Mais dans le temps, ça ne comptait pas.

Ils sont plus intéressants que les cowboys. Les Cosaques chantent fort et embrassent tout le monde. Les cowboys n'aiment pas ça, chanter fort et embrasser tout le monde. Je ne veux pas être cowboy parce que leurs chansons m'énervent et que je ne veux pas tuer les Indiens.

Mais le sang des Cosaques est le sang des héros. Le sang de Nadja ne coule pas pour la Patrie. Le sang de Nadja coule tout seul, sans que personne ne l'ait demandé.

Je ne peux pas défendre la Patrie ou sauver le monde, car je dois rentrer avant le coucher du soleil.

Notre-Dame du Réconfort

Dans la bicoque ouverte aux quatre vents, Matilda rêve à la Madone.

La Madone est juste et belle. Elle sauve tous les enfants en les enveloppant d'une blancheur éclatante qui les garde bien au chaud. Elle les nourrit, les réconforte et les protège contre les coups de bâton et de machette.

Dans son rêve, Matilda voit la Madone s'approcher du lit du cadet. Celui-ci est transfiguré par le bonheur. Une lumière douce et chaleureuse l'entoure et le soulève de son lit. Il n'a plus faim. Il n'a plus froid. Ses bleus disparaissent. Il a cessé de tousser.

Des cierges blancs et parfumés apparaissent aux quatre coins du lit du cadet, illuminant son visage et celui de la Madone.

La Madone pleure.

Matilda, intriguée, s'approche. La lumière que répandent les cierges l'aveugle.

La Madone disparaît, les bras grands ouverts.

Matilda se réveille en sursaut. La toux régulière qui ponctuait le sommeil de toute la maisonnée a cessé.

La jeune fille s'approche sur la pointe des pieds du lit de son frère. Il est immobile.

Il n'a plus faim. Il n'a plus froid. Il n'a plus mal. Il ne toussera plus jamais.

Il ne sera jamais brave. Il ne pourra jamais se défendre ou se battre.

L'Ami de Nadja

Nadja retourne souvent en visite à l'asile. Elle s'est liée d'amitié avec un autre résident, un nommé Jésus. Jésus est un bon gars. Nadja en a fait sa mère adoptive, même si c'est un homme et tout, parce qu'il est gentil. Lui aussi a beaucoup d'imagination. Et, il écoute toutes les histoires de Nadja. Les deux s'aiment bien. Il lui a déjà lavé les pieds à plusieurs reprises. C'est une de ses manies. Elle lui a acheté de l'eau de cologne, mais il le lui a répandu sur la tête. Depuis, elle n'achète plus que des chocolats.

Jésus est à l'asile parce qu'il a saccagé un édifice médical, et a accusé les psychiatres de s'enrichir froidement sur la douleur et la tristesse des gens. Son diagnostic est très compliqué, comme le constatent deux nouvelles psychiatres à qui on a remis le dossier.

1ère psychiatre: Nous avons affaire au syndrôme classique de la personnalité multiple, d'après moi. On dirait que le patient a divisé son inconscient en ça, moi et surmoi. Il appelle son surmoi Dieu-le-père, qui lui dit quoi faire. Il a sublimé son ça en une espèce de force primordiale qui se répand partout, une entité qu'il appelle le Saint-Esprit. Pour moi, c'est un cas classique de sexualité réprimée...

2ᵉ psychiatre: De ce côté-là, je trouve intéressant qu'il renie son père naturel et insiste sur le fait que sa mère est vierge. Il répète qu'elle a été inséminée par Dieu-le-père. Voilà un bel exemple de complexe d'Œdipe non résolu. En créant Dieu-le-père, il peut manifester son attirance d'une façon oblique mais indéniable.

1ᵉʳᵉ psychiatre: Mais, que fais-tu de la délusion de grandeur? Il croit qu'il doit sauver le monde...

2ᵉ psychiatre: Selon moi, cela témoigne d'un complexe d'infériorité profond. Il se donne de l'importance. J'y vois une personnalité narcissique. Dans son soi-disant «Royaume des cieux», les derniers seront les premiers, et les faibles hériteront la Terre. C'est une croyance rassurante pour un moi très fragile...

1ᵉʳᵉ psychiatre: Voilà tout un système d'autodéfense psychologique. C'est un homme intelligent, mais, après tout, les charpentiers, ça ne monte pas haut sur l'échelle sociale.

2ᵉ psychiatre: C'est exactement ça. Heureusement, il n'est pas dangereux. Ceci dit, ses tendances anthropophages m'inquiètent un peu. Ses tendances schizoïdes aussi. Il demande souvent à Dieu-le-père de l'aider à sortir d'ici.

1ᵉʳᵉ psychiatre: C'est pour ça qu'on lui prescrit des médicaments. De toutes façons, s'il veut faire semblant de donner son corps et son sang aux autres, j'y verrais plutôt un fétiche. Il recherche la chaleur humaine dont il a été privé durant son enfance. Ça, c'est clair et net. Il associe l'amour qu'il ressent envers les autres à la nourriture. Ça doit être moins dangereux pour lui que l'érotisme — vu la façon dont il perçoit la sexualité.

2e psychiatre: La première chose à faire, c'est de ramener ses attentes à un niveau plus réaliste. Il est tellement sûr de la pureté de sa mère qu'il s'oblige à suivre son exemple. Je gage qu'elle est comme tout le monde.

1ère psychiatre: Moi, je gage que son père était très exigeant et qu'il ne le trouvait jamais assez bon pour la famille.

2e psychiatre: Ma mère me faisait la même chose. J'ai suivi une thérapie que j'utilise assez souvent avec mes patients. Ça va peut-être l'aider à ne plus être le fils parfait?

1ère psychiatre: Il faut l'essayer...

L'Offrande

Matilda se dirige seule jusqu'à la grotte de la Vierge de la Pampa. Elle cherche un miracle pour que sa mère cesse de pleurer. Elle sait qu'on ne doit jamais demander de miracles pour soi-même, que les miracles ne peuvent arriver que lorsque les autres en ont besoin.

Près de la grotte, *El Loco de la Virgen* est agenouillé devant l'icône. Il a déposé une offrande abondante de maïs. Le vieillard marmonne des paroles que Matilda ne comprend pas. Il semble s'adresser davantage aux spirales gravées dans le roc, et qui brillent d'une lueur étrange, qu'à la statue de la Vierge.

Matilda se tient à l'écart. Elle attend son tour, sage comme une image, pour la supplication de la Vierge. Le fou de la Vierge tourne la tête et aperçoit la jeune fille. Son regard se promène entre la statue de la Vierge et Matilda.

Soudain, il hoche la tête comme en signe d'assentiment, prend l'assiette de maïs et la présente à Matilda. Il lui adresse la parole en espagnol: «*Por favor*. Prenez ceci, Mademoiselle. La Sœur divine m'a demandé de vous donner cette nourriture pour vous et votre famille. Elle n'a pas faim. Elle a dit que vous en aviez davantage besoin.»

Bouche bée, Matilda prend l'assiette. Elle remercie le vieillard. Celui-ci lui coupe la parole: «Il ne faut pas me remercier. Il faut remercier la Sœur divine.»

Matilda dépose l'assiette et se met à genoux. Ensemble, Matilda et le fou de la Vierge prient longuement.

Une fois son chapelet terminé, Matilda se tourne vers le vieillard et se présente timidement, avant de repartir. L'homme se présente à son tour: «Je sais ce qu'on m'appelle. Mon nom est Ixcan.»

Matilda incline la tête avec respect: «Je n'oublierai pas», répond-elle.

De retour à la maison, Matilda présente le maïs à sa mère. Celle-ci tombe à genoux. «C'est un miracle, dit-elle. Il faut prier.»

Toute la famille se met à table.

Matilda attend son tour, sage comme une image. Elle est heureuse de ce don de la Madone.

Cependant, lorsque Matilda s'avance pour sa part de maïs, il n'en reste plus.

On ne doit jamais demander de miracles pour soi-même. Les miracles ne peuvent arriver que lorsque les autres en ont besoin.

Mélusine

En visite à l'asile, Nadiedja raconte à son ami Jésus l'histoire de Mélusine, fée-serpent de son enfance[7]. Jésus écoute attentivement, car il est poli. Pas comme les gardes-malades, qui secouent la tête en marmonnant: «*Pauvre petite folle*».

Mélusine est une fée-serpent. Nadja aime beaucoup les serpents, pourtant méprisés par la plupart des gens.

Jésus répond: «Soyez rusés comme le serpent, mais doux comme l'agneau...»

Nadja aime bien les agneaux, qui sont assez mignons. Cependant, là n'est pas la question. Elle interrompt Jésus et continue son histoire.

Mélusine était la fille de la fée Pressine. Le père de Mélusine était infidèle. Mélusine et ses sœurs

[7] Mélusine revient souvent dans *Nadja* (le livre de Breton). Personnage très populaire en Allemagne. Paracelse (XVIe s) y associe les ondines, créatures transformées en monstres par le diable. On croit que les ondines vivent sans âme, en un corps fantastique, et qu'elles se nourrissent des éléments: avec ceux-ci, elles disparaîtront lors du Jugement dernier, sauf si elles épousent un homme. Cette union, seule, peut leur permettre de mourir d'une mort naturelle. (Typique...) La majorité des références à Mélusine ici viennent du *Dictionnaire des œuvres de tous les temps et de tous les pays*, pp. 802-803; et du *Dictionnaire des personnages littéraires et dramatiques* (Robert Laffont, 1960).

ont enfermé leur père dans une montagne pour le punir de son infidélité. Au lieu de leur témoigner de la gratitude, Pressine a sévèrement puni ses filles[8]. Chaque samedi, Mélusine a été condamnée à voir la partie inférieure de son corps transformée en serpent.

Jésus interrompt à nouveau: «Il faut présenter l'autre joue...»

Agacée, Nadja le toise du regard. Jésus se tait et lui fait signe de continuer.

Mélusine restera femme si un chevalier accepte de l'épouser, en faisant serment de ne pas chercher à la voir le samedi. Mais s'il manque une seule fois à son serment, elle sera condamnée à rester comme ça, mi-serpent, jusqu'au jour du Jugement. De plus, elle devra apparaître devant tout homme issu de sa descendance, le jour où il mourra.

Raimondin, fils du roi des Bretons, tombe amoureux de Mélusine, malgré le sortilège qui pèse sur les épaules de sa bien-aimée. Les deux vivent heureux quelque temps.

Mais Raimondin ne peut résister à la tentation et, un samedi, il surveille son épouse et voit sa transformation. Mélusine disparaît alors en prenant la forme d'un serpent ailé.

Jésus ferme les yeux et marmonne tout bas: : «Ne

---

[8] C'est là le portrait typique de la «mauvaise mère», comme Joan Crawford. Puisque c'est une fée, ses punitions sont très intéressantes.

nous soumets pas à la tentation, mais délivre-nous du Mal...»

Nadja fait semblant de n'avoir rien entendu. Elle embellit l'histoire de Mélusine.

Mélusine se voit longtemps comme bonne et juste, tout serpent ailé qu'elle est, malgré qu'elle soit aussi épouvantée que les autres par les créatures horribles que sont les dragons et les lamias. Les lamias, par exemple, sont des fantômes qui dévorent les enfants et qui se transforment en serpents, ou encore en belles jeunes femmes pour séduire les hommes et boire leur sang après l'acte sexuel. Or, on dépeint parfois une lamia dont la moitié du corps, sous la taille, est en forme de serpent — tout comme Mélusine... Mélusine se cache donc derrière de grosses lunettes de soleil pour qu'on ne puisse pas remarquer qu'elle est un serpent ailé. Malheureusement, ce n'est pas très efficace. Mélusine sort donc de moins en moins souvent afin d'éviter les rencontres.

Le visage de Jésus s'éclaire: «Tiens! Ça me rappelle ce qu'on disait d'une femme que je côtoyais déjà — Marie Madeleine. Elle était une de mes meilleures étudiantes... On en a parlé très peu, sauf pour insister sur le fait qu'elle était pécheresse. La pauvre a fini par s'exiler, malgré son potentiel pour la succession. Ah, ce qu'on a fait de mes enseignements...»

Intriguée, Nadja regarde Jésus. «Ah oui? T'as été professeur?»

Jésus sourit, doucement. «Oui, j'ai déjà enseigné. Il y a très, très lontemps, bien avant ta naissance.»

Sceptique, Nadja répond: «Tu n'as pas l'air très vieux. Tu n'as pas les cheveux gris.»

Jésus hausse les épaules. «C'est le climat autour d'ici, sans doute», dit-il.

La Sœur divine

Matilda retourne à la grotte où se trouve la Vierge de la Pampa. Elle n'a plus peur d'Ixcan, qui est heureux de la revoir.

Ixcan a de drôles d'idées au sujet de la Vierge. Cependant, il est gentil et ne fait de mal à personne.

Ixcan sait pourquoi il y a des spirales gravées dans le roc. C'est un peuple semblable au sien qui les a dessinées, il y a des milliers années, dit-il. Les spirales sont des serpents enroulés.

Ixcan s'est enfui de son pays il y a plusieurs années afin d'être libre. Ici, personne ne le connaît, dit-il. Sa fuite est un secret. Dans la région d'où vient le peuple d'Ixcan, loin au nord du Chili, il y a les mêmes spirales qu'ici. Elles sont symboles d'un dieu appelé Kukulkan ou Quetzalcoatl. D'autres croient que les spirales sont des toiles d'araignées, et certains peuples cousins disent que la Terre a été créée par la Grand-Mère Araignée.

Matilda boit les paroles d'Ixcan. Heureusement, se dit-elle, qu'aujourd'hui la Vierge est là dans la grotte et qu'elle protège les gens contre les serpents et les araignées qui en étaient les résidents antérieurs. Kukulkan est un serpent, même s'il a des ailes. Les serpents sont mauvais. Les araignées aussi. Matilda ne les aime pas et sa maman non plus.

Cependant, Matilda ne dit mot de ses pensées à Ixcan, qui est convaincu que la Vierge est une «Sœur divine», déesse de la lune, épouse de Kukulkan, et fille de Grand-Mère Araignée. Parfois, il se mélange et appelle la Vierge la Grand-Mère Araignée.

Il faut respecter les vieillards. Même lorsqu'ils sont fous.

Lorsque Matilda rentre chez elle, sa mère l'interpelle. «D'où viens-tu, ma fille? D'où viens-tu?» Matilda ne doit pas mentir. Elle sait que c'est un péché. Elle raconte toutes les histoires d'Ixcan à sa maman — sauf le secret de sa fuite, car il faut garder les secrets.

Horrifiée, sa mère lui interdit de parler au vieillard. «C'est un sorcier païen!» s'écrie-t-elle. Elle sort tout raconter au village. L'histoire de Matilda fait le tour de toutes les maisons. Le peuple en parle haut et fort: il faut éloigner les enfants du sorcier.

Le cœur de Matilda se serre. Elle se révolte tout bas. Cependant, il ne lui faut plus rien dire à sa mère lorsqu'elle retournera à la grotte. Matilda prie la Vierge de lui pardonner, car Ixcan est le seul à lui témoigner autant d'égards.

Le Pissenlit et l'Orchidée

Sur la pelouse d'un parc municipal, Nadja lit les fables édifiantes de La Fontaine, dans un volume emprunté à une garde-malade de l'asile. Elle aime certains personnages. Nadja se voit brebis, cigale, corbeau. Cependant, elle est bien indignée du traitement que reçoivent ces créatures. Que faire? Nadja aussi veut écrire des fables.

Autour d'elle, elle aperçoit sur la pelouse nombre de pissenlits dont les graines s'envolent au vent. Les pissenlits sont éternels. Comme les loups, peut-être. Nadja pense aux orchidées. Les orchidées sont des parasites, comme la cigale dans la fable. Les parasites sont, en général, peu appréciés par le genre humain. Pourtant, les orchidées sont belles, comme le chant des cigales. Et dans la Bible, ne dit-on pas que les lys, malgré leur indolence apparente, dépassent en splendeur la cour de Salomon? Nadja esquisse une première ébauche:

Il était un Pissenlit
Insouciant et hardi
Ballotté par le vent
Vivait tout près de lui
Fragile, fleur de nuit
L'Orchidée tout de blanc

«Ah voyez, mon amie
Votre teint vous trahit»
Claironna le robuste
«Vous vivez de bois mort
Trop de froid vous fait tort
Le temps vous est injuste

«Alors que moi, voyez-vous
Je me nourris de tout
Je m'étale au soleil
On a beau m'arracher
Des jardins et des prés
Je grandis à merveille»

Sous tant de quolibets
L'Orchidée rougissait
Se sentant amoindrie
Survint un passant
Qui, tout en sifflotant
Aperçut nos amis

«Ah, de ce pissenlit»
Pensa-t-il, et le prit
«Je ferai un bon vin
Et de cette orchidée
À la rare beauté
Le parfum je retiens»

L'Orchidée et le Pissenlit

Ayant complété son opera magna, Nadja hésite.
Elle n'est pas sûre de ce qu'elle a écrit. Nadja ajoute
à son œuvre une deuxième version. Pour bien s'as-
surer de tout dire. Car après tout, il y a toujours les
deux côtés.

Il était une Orchidée
Jolie, fière et parfumée
À côté d'un Pissenlit
Maigre et humble mais gaillard
Pour qui nul n'avait d'égards
Dans son état rabougri

«Ah mon cher, regardez-vous
Votre parure de mauvais goût
Fait de vous la risée des bois
Alors que mes jolies couleurs
Mes pétales et ma senteur
Attirent les peintres et les rois

«On me donne volontiers terroir
Tous accourent pour me voir
On célèbre ma beauté
Dans les parfums et les poèmes
Et d'ici jusqu'à la Bohême
On me regarde bouche bée

«Partout où vous prenez racine
On vous arrache et vous piétine
Car vous étranglez tout terrain
Vous n'êtes qu'une mauvaise herbe
Amère, chétive, sauvage, acerbe
Rejetée par tous vos voisins»

Le Pissenlit tout insulté
Ne disait mot de son côté
Au débit de sa consœur
Survint près d'eux un jeune enfant
Qui, tant allègre qu'insouciant
Écrasa l'une et l'autre fleur

Le Pissenlit, suite à l'assaut
Se redressa sans un sursaut
Ses mille cheveux tous envolés
Alors que là sur le terrain
Noyée dans son parfum si fin
Gisait la jolie Orchidée.

La Vierge aux orchidées

Matilda ne va plus à l'école. Elle travaille dans les champs auprès de sa mère, qui est enceinte de son septième enfant. Le père est parti travailler dans les mines de cuivre, comme son frère et son cousin. Des hommes du village, il ne reste que les jeunes garçons et les vieillards.

Près de la cabane familiale, une grappe odorante d'orchidées blanches et pures égaye le décor autrement lamentable. Les orchidées sont un cadeau d'Ixcan, donné en secret pour ne pas attirer les commérages. Les fleurs ont été bénies par la Vierge de la Pampa, lui a dit Ixcan, sauf qu'il appelle toujours la Vierge la «Sœur divine».

Matilda a l'habitude de prendre bien soin de son jardin improvisé. Elle en chasse les insectes et en arrache les mauvaises herbes qui menacent d'étouffer la plante fragile.

Au début, les voisins se moquaient de la petite. Ils l'appellaient *la chiquita de las flores*. Mais peu à peu, ils s'habituent à voir le visage fébrile et ravi de Matilda se pencher sur son œuvre.

Déjà, la mère de Matilda se fâchait contre sa fille, puisque chaque instant consacré aux fleurs est enlevé à la cuisine ou aux corvées quotidiennes. Mais son cœur s'est attendri en voyant tous les soins que Matilda prodigue aux fleurs. De plus en plus, elle hoche la tête et hausse les épaules devant l'obstination de la petite. Il est vrai que les orchidées sont belles. Les gens du village ont baptisé la bicoque de la famille *la Casa de las flores*.

Un jour, le voisinage s'aperçoit que quiconque s'approche de la grappe d'orchidées à la tombée du jour s'en trouve immédiatement ragaillardi. Les vieillards se redressent, les femmes aux mains écorchées n'ont plus de douleur, les enfants mal nourris reprennent leurs couleurs.

En voyant ce miracle, Matilda place une petite statue de la Vierge au milieu des pétales odorantes.

Petit à petit, les villageois prennent l'habitude de s'y arrêter au coucher du soleil lorsqu'il y a maladie dans la famille, car les médecins ne peuvent pas toujours venir et on ne peut pas toujours les payer. Tout le monde dit que la Vierge aux Orchidées aide à soulager la misère.

Cette année, il y a beaucoup de travail à faire. Depuis quelques semaines, faute de temps, Matilda a délaissé les fleurs et leur statue.

Un soir, Matilda revient fatiguée à la maison. Sa mère éprouve de violentes douleurs au ventre. Désemparée, Matilda se met le bras de sa mère autour du cou et se dirige doucement avec elle vers la Vierge aux Orchidées.

Mais les orchidées ne sont plus en fleur. Partout, des pissenlits les ont étouffées.

Le Dragon de Komodo

André traîne dans un café de Santiago, où il est venu se reposer après son expédition pour étudier les ruines de la civilisation toltèque[9]. Cette civilisation, selon lui, était très surréaliste, mais sans le savoir. Dommage, pense-t-il, que les Toltèques n'aient jamais lu les *Manifestes surréalistes*. Ils auraient beaucoup apprécié. Sans doute l'auraient-ils pris pour un dieu, lui, André Breton. Pourquoi pas? Après tout, on l'a bien fait pour Cortés qui, lui, a assassiné tout le monde.

André soupire. Il est né beaucoup trop tard.

Tout n'est pas perdu. Quelque part dans un village éloigné du Chili, il y aurait une grotte ornée de symboles étranges dont l'origine est mal connue. Malheureusement, on dit que le seul à pouvoir en raconter les légendes est mort depuis plusieurs années. Il était fou, paraît-il. Un sujet parfait, songe André.

---

[9] Toltèques: civilisation brillante, aujourd'hui disparue, d'autochtones du Mexique central. Selon la légende, leur dieu protecteur, le serpent plumé Quetzalcoatl, alias Kukulkan, a été vaincu par les divinités d'une nouvelle génération et est parti vers le sud. Dans ses mémoires de l'époque, *Le livre sacré de Quetzalcoatl*, qu'on a récemment réussi à déchiffrer, le dieu raconte que la bouffe était plate, étant donné que tout était à base de maïs. Il est cependant revenu au terroir pour se faire adorer par les Mayas. Il faisait beaucoup trop chaud dans le sud. Quetzalcoatl était très narcissique, mais pas méchant.

Une jolie femme aux yeux noirs, au maquillage bizarre et en tenue négligée lui demande une cigarette. André la lui donne, heureux de la distraction que lui offre l'étrangère.

«Les gitanes sont des cyrènes», dit-elle d'un ton catégorique[10].

Nadja dévisage le nouveau venu. L'homme traîne un calepin avec lui. D'un geste vif, il l'ouvre et y inscrit sa phrase. Manifestement, c'est un écrivain. Ou un chercheur. Nadja le regarde d'un œil incertain.

«Les gitans sont des chamans», dit-elle. Pour voir.

André la regarde intensément, buvant ses paroles. Il les inscrit soigneusement dans son beau calepin relié de cuir noir.

Nadja lui montre un joli «néo-barbouillage linéaire» qu'elle a dessiné il y a cinq minutes.

---

[10] Cyrène: nymphe thessalienne, amante du dieu Apollon. Cyrène était néréide et son grand-papa, Pénée, était un fleuve. De son côté, Apollon était un coureur de jupons qui ne comprenait pas le mot «non». C'est assez fort, étant donné que le mot «oui» n'existe pas en latin (chose commode pour tous les papas romains et leur culture patriarcale). De nos jours, un bonhomme comme ça se retrouverait sous clé pour attentat à la pudeur. Mais dans le temps, les femmes qu'il courait après se changeaient en arbres pour lui échapper, si elles ne voulaient pas de lui (voir le mythe de la nymphe Daphné). Assez plate comme solution de rechange. Quand à la référence aux gitanes, Nadja, après tout, est une «âme errante». Et pis c'est le nom des cigarettes.

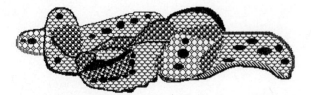

«C'est un tapir. Non! c'est un dinosaure», hasarde l'Auteur.

«C'est un dragon de Komodo», répond Nadja, sans y avoir le moindrement réfléchi. Au fond, elle ne sait pas pourquoi elle a dit ça. Il pourrait très bien s'agir d'un chapeau. Ou même d'une chaise longue.

André paraît sidéré. Nadja est enchantée de son effet sur le Chaman. Elle commande une citronnade et lui emprunte un mois de loyer.

Madame Pablo

Matilda attend son mari dans un café de Santiago. Autour d'elle, les serveurs s'empressent. Après tout, elle est la femme du Grand Poète National. Pablo Neruda est célèbre, bien aimé du peuple qu'il appelle à la révolte et qu'il décrit avec tant d'affection.

Matilda observe les serveurs.

Elle a déjà été à leur place, dans ce même café, intimidée par le tout Santiago. Seulement, elle déteste la brusquerie des serveurs vis-à-vis des va-nu-pieds qui, à l'occasion, viennent mendier quelque nourriture à la cuisine. Pourtant, certains de ces garçons viennent sans doute du même type de village où elle a passé son enfance. Ils doivent comprendre ce que c'est que d'avoir faim. D'être pauvre.

Mais ces garçons ne paraissent pas vouloir comprendre. Ils préfèrent oublier, en parlant de telle vedette de la chanson ou de tel sénateur, qui vient souvent ici et les traite comme de vieux amis. Ce ne sont pas les serveurs d'ici, qui se pâment devant le grand auteur socialiste, qui feront la révolution. L'ironie leur échappe. Il ne faut pas trop leur en demander.

Matilda soupire. Elle est venue à Santiago il y a dix ans pour y être domestique, puis elle est devenue serveuse dans ce café. C'est ici qu'elle a rencontré Pablo, un soir qu'il y lisait ses poèmes.

Matilda servait à sa table. Lorsqu'il a pris la parole, elle a ressenti en elle de fortes émotions, trop longtemps refoulées. Espoir. Amertume. Colère. Tendresse. Révolte face à l'injustice. Extase devant la beauté de la nature.

Elle s'est tenue bouche bée devant la table du poète, sans s'apercevoir que d'autres clients la mandaient. Le patron, furieux, a menacé de la renvoyer. Matilda, rouge de honte, s'est répandue en excuses.

Amusé, le poète l'a invitée à s'asseoir avec lui. Le patron s'est bien vu obligé de céder au caprice de son invité d'honneur. Alors, Matilda s'est confiée au poète avec toute la candeur de celle qui a vu trop de misère. Touché, Pablo s'est exclamé: «Mais voilà bien une femme du peuple! Voyez sa modestie, son humilité; elle a toutes les qualités des gens ordinaires et ne demande pas son reste. Elle est jolie femme: l'égale de toutes les reines et duchesses, mais prisonnière de son origine sociale! Voilà l'injustice qu'il faut combattre, mes amis», en a-t-il conclu, en se tournant vers son entourage attablé.

Ainsi, Pablo l'a sauvée de la misère. Il a aidé sa famille. Matilda est devenue sa compagne, sa secrétaire et son hôtesse. Enfin, son épouse.

Elle lui sert le thé lorsqu'il compose ses poèmes. Elle l'écoute lorsqu'il ressent le désespoir ou lorsqu'il est las de la vie.

À ses côtés, Matilda peut lutter au nom de la Révolution. Elle voyage avec lui, pour lui, répandant le message d'espoir d'un monde meilleur.

Jamais elle n'oubliera que Pablo est son sauveur; qu'elle n'a sa bonne fortune que par la grâce de Dieu. Seule, elle ne serait qu'un autre visage anonyme de serveuse oubliée dans un café de Santiago.

Le Grand Poète National fait son entrée. Tous accourent et se bousculent pour le mener à sa table préférée, où l'attend son épouse.

Comme d'habitude, Pablo salue les petites gens, leur serrant la main et leur demandant des nouvelles de leurs familles.

Comme d'habitude, ceux qui reçoivent l'honneur se rengorgent. Le soir, songe Matilda, ils raconteront à leurs proches que l'illustre Pablo Neruda, leur bon ami personnel, est venu leur dire bonjour malgré son horaire chargé.

La Reine de Jérusalem

Dans le café où ils se sont rencontrés, Nadja raconte à André la triste histoire de la fée Mélusine.

André boit ses paroles. Il a son calepin. Il y note soigneusement les paroles de Nadja et y ajoute ses notes et observations, tirées d'encyclopédies qu'il a déjà lues à quelque part: *Mélusine: Mère Lusignan. Mère des Lusignan. Gui de Lusignan, époux de Sibylle, reine de Jérusalem, XIIe siècle. Sibylle, prophétesse, amante manquée d'Apollon. L'assermentation du serpent de Sibylle. Jugement. Châtiment. Le serpent châtié, la Sibylle sibilante.*

Nadja raconte comment Raimondin le Breton a puni sa bien-aimée Mélusine, à cause de sa curiosité fatale. Sujet sempiternel, songe André. Il écrit de plus belle: *La tentation de l'homme. Homme voyeur, femme voyante. Serment brisé: envol du serpent.*

Nadja raconte à André la gêne qu'éprouve Mélusine du fait de sa ressemblance aux dragons et aux lamias, femmes fantômes et vampires.

Les feuilles du calepin s'agitent sous la plume du Poète: *Lamias. Danger. Dragons. Les jolies femmes assoiffées d'amour boivent le sang de la chair des hommes et dévorent les enfants de leur faim de chair, leur faim des sucs de l'amour. Sang, suce. La* mère de l'époux de la Reine de Jérusalem est dragonne, est damnée.

Puis, Nadja décrit la dépression et l'exil de la fée-serpent qui voudrait bien ne plus faire peur aux mortels.

André note et note dans son calepin: *La fée cachée. Serpent qui dort, endormi, enroulé. Occulte mystère qui se cache du soleil. Folie solitude ennui serpent fou folâtre flou. Délire de la Sibylle dissimulée, dis-sibilante.*

Devant l'intérêt évident de l'auteur, Nadja s'enhardit. Elle ajoute à son histoire:

Un jour, Mélusine rencontre la mère de toutes les lamias, femmes-fantômes-serpents-vampires. «La» Lamia était l'amante de Zeus et ses enfants ont été tués par Héra, la femme jalouse de Zeus. Lamia a été transformée en monstre qui dévore les nourrissons. Zeus, apitoyé sur le sort de son amante, lui a donné le pouvoir d'enlever ou de mettre ses yeux à volonté[11].

La plume du Chaman continue son périple: *Amour dévorant dévoré. De la gueule béante du monstre surgissent les enfants qui dévorent l'amante larmoyante, car l'aimante lamia se lamente. Ses yeux s'enlèvent et se ferment et s'ouvrent et se perdent et se noient.*

Satisfaite de son effet sur le prêtre-magicien aux incantations sur parchemin, Nadja en rajoute:

---

[11] Belle consolation. Très utile pour le port des lentilles cornéennes. Malheureusement, celles-ci n'avaient pas encore été inventées.

Mélusine, apitoyée à son tour sur le triste sort de sa semblable, donne ses lunettes de soleil à Lamia, qui n'est pas méchante de son propre gré, mais tout simplement par la force de son Destin. La fée se sent coupable de ne pas avoir voulu ressembler aux lamias, et de les avoir jugées si sévèrement. Ensemble, Mélusine et Lamia fondent un groupe communautaire de femmes-serpents. Le groupe ressemble aux rassemblements populaires de quartier de la Révolution. Les femmes-serpents s'invitent à souper. Elles discutent de leurs mues les plus mémorables et des complications engendrées pas l'Amour. Elles parlent de changer le monde, qui est très méchant envers les femmes-serpents.

André lève la tête, la plume immobile, et fronce les sourcils. Qu'est-ce que cette histoire? Où est le drame dans cette idée de commérages et de groupe populaire? Ce n'est pas du tout surréaliste.

Agacé, il ferme son calepin et fume une treizième cigarette.

Face à ce geste, Nadja voit qu'elle a déplu au chaman qui l'aide à payer son loyer.

Oh-oh.

Le Prêtre et la Sibylle

Nadja rêve à Mélusine.

Dans son rêve, la fée-serpent se fait hypnotiser par André le Chaman.

Le Chaman régresse Mélusine à ses vies antérieures, qui défilent devant Nadja comme sur un écran de télévision.

Le défilé des vies antérieures ralentit et s'arrête: *freeze-frame.*

Mélusine est la célèbre Sibylle de l'Antiquité, la Sibylle de Cumes.

De la tête de la Sibylle, Nadja, incarnée pythonisse, sort à la lumière du jour.

Apollon, habillé en prêtre, surgit devant Nadja. De sa mitre rayonne une lumière aveuglante. Apollon a le visage d'André. Il est dieu guérisseur et gardien de la Vérité. La Vérité peut tout guérir.

Le Prêtre est vêtu d'une soutane blanche entrouverte. Dans son calepin, il inscrit soigneusement ses impressions, à l'aide d'une grande plume élégante: *Serpent-sagesse. Python-pouvoir. Pouvoir-devoir-de-voir-voyante. Lucidité. Lu-lire-délire. Délire-de-joie. La-folle-du-Roi.*

Le Prêtre se tient à l'écart de la pythonisse. Il ne veut pas sombrer dans sa folie. La vraie. La crevasse est profonde, là sous le trépied de l'oracle où s'assoient les pythies et d'où sortent les vapeurs sulfureuses et puantes des entrailles de Delphes.

Nadja, pythonisse, est la subalterne du Prêtre: poète, chaman, guérisseur.

Ce sont les Prêtres qui recueillent les paroles des oracles, pour en faire un délire bien rangé.

Notre-Dame de l'Espérance

Nadja cueille des orchidées dans un joli jardin. Dans l'autre main, elle a un bouquet de pissenlits. La maison coquette est enveloppée de silence.

Matilda et Pablo reviennent chez eux, après un rassemblement politique.

Matilda pousse un cri à la vue de la jeune intruse.

Effrayée, Nadja laisse tomber les fleurs. Elle tremble d'effroi. Les cheveux en bataille, sa robe et ses souliers maculés par la boue du jardin, elle regarde les propriétaires effarés. Elle lève les bras et se couvre la tête en gémissant.

Pablo chuchote rapidement à l'oreille de Matilda. Celle-ci hoche la tête et ravale ses protestations. Pablo s'avance doucement vers Nadja.

«D'où viens-tu? Qui es-tu?» demande-t-il.

Nadja secoue la tête et baisse les yeux. Matilda, apitoyée, s'approche de Nadja.

«Laisse. Ce n'est pas important, dit-elle en désignant les fleurs. Tu as faim?»

Nadja la regarde d'un œil craintif. Elle fait timidement signe que oui.

Matilda pose gentiment la main sur l'épaule de la jeune femme.

«Viens. Tu es toute sale. N'aie pas peur. Entre.»

Rassurée, Nadja les suit dans la maison. Elle balbutie des excuses.

«Les fleurs étaient si belles. Je n'en avais jamais vu comme ça. Je ne voulais pas faire de mal.»

Matilda, attendrie, l'écoute en souriant. Elle lui donne une belle serviette éponge et l'installe dans la salle de bains.

Une fois lavée, Nadja, enveloppée d'une couverture, avale un bol de soupe et dévore du pain.

«Quel est ton nom? demande Pablo.

— Nadja, répond celle-ci entre deux bouchées. C'est pour Nadiedja. Ça veut dire «espoir» en russe. Nadja, c'est le début de l'espoir. Ce n'en n'est que le début[12].»

---

[12] *Nadja*, p. 75.

La Danse de Katéri

Nadja rêve au beau pays du Canada qu'elle a vu dans les livres de son enfance. Dans son rêve, le Canada est un faubourg de Santiago. Elle se voit dans une salle de classe canadienne. Dans la salle de classe, Nadja lit des livres d'histoire et de religion. Le maître d'école ressemble à Pablo.

Dans les livres, il y a beaucoup de belles madames gentilles. Les belles madames gentilles ont le visage de Matilda. Elles lavent les planchers souvent et donnent du pain aux pauvres, mais sans en manger elles-mêmes. Elles se flagellent et se piquent les cuisses avec des anneaux d'acier munis de pointes acérées.

Un peu comme la Danse du Soleil, dont Nadja a lu la description dans un autre livre. La Danse du Soleil serait une tradition des Sioux au cours de laquelle les hommes se transpercent la poitrine avec des aiguilles en dansant autour d'un poteau.

Les Blancs ont mal compris la tradition. Ils se sont dit que, puisque les Sioux se souciaient si peu de leur peau, les Blancs pouvaient bien faire la chasse aux Sioux, les écorcher et vendre la peau obtenue avant qu'elle ne soit trop endommagée. Vingt cents pour une peau d'homme. Quinze cents pour une peau de femme. Sept cents pour une peau d'enfant.

Aujourd'hui, il n'y a plus beaucoup de Sioux en Amérique.

Dans sa tête, Nadja voit tout un village de Sioux qui se promènent les muscles à l'air. Ils sont écorchés vifs. Ils ne peuvent plus participer à la Danse du Soleil parce qu'ils n'ont plus de peau pour y accrocher leurs aiguilles. Ils souffrent encore plus que les belles madames gentilles dans les livres, sauf qu'ils ne l'ont pas demandé. Du moins, pas comme ça.

Dans les magasins près du village, des commerçants blancs vendent les peaux des Sioux à qui veut bien les acheter. Cependant, le prix a été majoré de 5000 pour cent. Les peaux coûtent beaucoup trop cher pour les Sioux. C'est la valeur ajoutée, expliquent les commerçants, qui ne comprennent pas pourquoi les Sioux sont enragés contre eux. Les Sioux avancent en brisant les vitrines des magasins. Les Blancs s'indignent. De vrais sauvages, s'écrient-ils en s'efforçant de sauver les meubles.

On appelle la Police montée. Bientôt, l'ordre est rétabli. Le Nouvel Ordre. Celui du Nouveau Monde, où les chants des Sioux ne sont plus que légende oubliée.

Dans les livres, Nadja lit la belle histoire édifiante de Katéri Tekakwitha. Katéri était une orpheline iroquoise défigurée par la petite vérole. Elle a appris le français. Elle a appris à se traîner dans la neige pieds nus et à ne pas manger.

Katéri était très gentille. Elle a souffert pour tout le monde. Lorsqu'elle est morte, son visage est devenu blanc comme la neige. Ses cicatrices ont miraculeusement disparu. «Katéri était belle dans son cercueil, raconte le maître d'école qui a écrit le livre. Elle était belle comme les belles madames gentilles.»

Nadja fronce les sourcils. Pauvre Katéri. Ça ne lui servira pas à grand chose d'être belle comme les belles madames gentilles, car au Paradis tout le monde est invisible.

Dans son rêve, Nadja voit le cadavre de Katéri tourner comme un pantin autour du poteau sacré de la Danse du Soleil. Une force centrifuge la transporte à un rythme endiablé.

C'est le mercredi des Cendres. Il ne faut pas danser le mercredi des Cendres.

Katéri est damnée. Elle n'ira pas au Paradis.

Katéri danse pour les Sioux écorchés, qui n'iront pas au Paradis non plus: car les Sioux sont en colère et ce n'est pas gentil d'être en colère, disent les belles madames gentilles de leurs yeux doux doux doux.

La Médusée[13]

Dans la maison coquette, Matilda se met des bigoudis. Elle doit assister à une soirée littéraire en compagnie de Pablo.

Même lorsqu'on fait la Révolution, il faut être belle.

Pablo observe souvent Matilda à sa toilette. Il en a même été si ému qu'il a composé un sonnet: *Les bigoudis de Matilda*. Cependant, il ne compte pas le publier. Ce serait sans doute trop bourgeois. Or, Pablo est un Révolutionnaire Gentilhomme.

Fascinée, Nadja observe Matilda. Les bigoudis sont longs et cylindriques, comme des serpents calcifiés. Matilda est très belle, même avec ses bigoudis.

La beauté de Matilda en bigoudis est une beauté exigeante et terrible. Les bigoudis s'agitent sur sa tête. Ils se roulent et se déroulent.

Enfin, Matilda se regarde dans le miroir. Sa réflexion l'immobilise: il ne faut surtout pas trop secouer la tête, afin de ne pas défaire les bigoudis.

Nadja n'ose presque plus respirer. De peur de faire tomber les bigoudis de Matilda.

------

[13] Méduse était un monstre à la tête couverte de serpents et dont le seul regard changeait tout être vivant en statue de pierre. Pourtant, Méduse était jolie au départ: justement, elle était si fière de son abondante chevelure que cette vanité lui

Psyché

Pablo et Matilda emmènent Nadja faire une pro-
menade dans un parc de Santiago. Au centre de la
fontaine, il y a une statue de Psyché et de Cupidon.
Matilda raconte à Nadja la belle histoire du couple
enlacé.

Psyché était la plus jolie des mortelles. Elle re-
poussait tous les soupirants. Son père, le roi, en
était si furieux qu'il menaça de l'entraîner au som-
met de la montagne et de l'offrir à déjeuner à un
gros serpent si elle n'acceptait pas de mari. Mais
Psyché s'entêta. Son père n'eut pas le choix: après
une série de refus de la part de sa fille, il attacha
cette dernière au flanc d'une montagne. Le serpent s'approcha de sa proie...

À la dernière minute, cependant, Psyché fut sauvée par l'Amour.

Comme dans les westerns, songe Nadja.

Lorsqu'une jolie femme est attachée au flanc
d'une montagne, elle ne peut pas trouver mieux
comme sauveur que Cupidon, dieu de la passion
amoureuse. Les Grecs l'appellent Éros[14].

---

a valu la colère divine — d'où son châtiment. L'image de
Méduse rappelle aussi Hydra, monstre-serpent à neuf têtes,
tué par Héraklès (le Superman de l'Antiquité, alias Hercule.
Aucune relation à M. Poirot).

[14] Il est fils d'Aphrodite, déesse de l'Amour; et d'Arès, dieu de
la Guerre. Ce joli garçon était donc, à ce qu'il paraît, le

Le mari et sauveur de Psyché avait d'étranges habitudes. Ce plus beau des dieux fuyait toujours son regard. Ainsi, Psyché devait-elle se fermer les yeux lorsqu'il venait la taquiner de jeux d'amour.

Un jour, dévorée par la curiosité, elle voulut regarder ce mari et sauveur qui la portait tant à l'extase. Effarouché par le regard de son épouse, Cupidon s'enfuit.

«Il ne faut pas dévisager l'Amour», entonne Pablo.

Intriguée, Matilda dévisage son mari. Un frisson la traverse qu'elle ne peut expliquer. Elle secoue la tête d'un geste imperceptible et continue son histoire.

Tourmentée par sa faute, Psyché descendit aux Enfers, déterminée à se racheter aux yeux de son mari. En revenant de son périple, épuisée, elle s'arrêta quelque temps au bord d'un ruisseau et s'endormit. Attendri à la vue de son épouse, Cupidon l'éveilla de son sommeil et lui pardonna son indiscrétion. Maintenant, ils sont ensemble

------

produit d'une bataille sous la couverture... Maman est bonne et belle; papa est violent, impatient, belliqueux. Éros représente ainsi la dualité humaine: jour et ombre, selon la plus classique tradition jungienne. Psyché, de son côté, incarne l'âme — ou la recherche de l'Esprit et de la connaissance. L'union d'Éros et de Psyché incarne ainsi l'humanité profonde: passion à la fois d'aimer et de savoir. Donc: de comprendre. Par association, on peut invoquer cette image classique de la philosophie zen: celle d'un individu qui tombe dans un puits les yeux ouverts. Ce puits est le gouffre des conséquences qu'engendre la passion. Évidemment, l'instinct humain normal rejette la notion de tomber dans un puits en pleine connaissance de cause... Sauf que le plus souvent, on s'y jette les yeux fermés.

pour l'éternité.

Matilda aime beaucoup l'histoire de Psyché et de Cupidon. Il y a là les thèmes du salut, de l'amour et du pardon qui la touchent profondément. Pablo, de son côté, compte en faire quelques sonnets émouvants.

À son tour, Nadja regarde la statue. Les seins de Psyché et les bras ouverts de Cupidon sont recouverts de crottes de pigeon.

Ce n'est pas gentil de chier sur l'Amour.

Nadja pouffe de rire devant la fontaine.

Matilda et Pablo hochent la tête. Pauvre petite folle.

Nadja s'imagine attachée à un pic de la Cordillère. Un beau serpent plumé vient la sauver des bras crottés de Cupidon.

Nadja n'aime pas du tout se fermer les yeux. Elle n'aime pas non plus cette idée de descendre aux Enfers, car elle a déjà vu ça quelque part et ce n'est pas du tout amusant.

L'Ordonnance

Nadja part chercher ses médicaments.

Nadiedja, la mal-aimée, est mal ajustée. Elle est très malade. Tout le monde le dit. Il faut lui prescrire beaucoup de pilules qui coûtent très cher. Elle doit suivre des thérapies afin de modifier ses comportements, car personne ne les comprend. Elle n'est pas comme les autres. Parfois, elle se fâche. Souvent, elle est triste et s'enferme dans le mutisme. Il faut la traiter la corriger la changer la cacher du monde.

Matilda reste auprès de Pablo, qui ne prend jamais de pilules car il est heureux et bien ajusté. Il est parfois emporté, passionné, voire excentrique. C'est un génie. Tout le monde le dit. Il n'est pas comme les autres. Matilda lui pardonne ses petites sautes d'humeur: les génies sont parfois difficiles. Elle comprend cette angoisse, cette mélancolie noire qui parfois l'immobilise. Les génies sentent le monde leur peser sur les épaules, car ils sont les Gardiens de la République.

    Matilda serre contre sa poitrine-volcan-fertile Pablo et tous les militants. Elle les écoute et les rassure. C'est gratuit.

Pablo et tous les militants sont très contents de la présence de Matilda.

Matilda — berce-moi.

Je te donnerai une belle plaque pour t'honorer, Ô Mère de la Solidarité, Ô Mère source de vie et de réconfort.

Je te dédierai tous mes poèmes.

L'Araignée

Nadja se promène autour de la jolie maison de Matilda et de Pablo.

Dans un coin du mur, une araignée jaune et noire, à la robe rayée comme un zèbre, tisse sa toile.

Fascinée, Nadja parcourt la toile du regard. Des gouttes brillent comme des diamants sur les fils purs et opalescents qui défient les intempéries ou les impies qui oseraient s'aventurer dans ce temple fragile.

L'araignée se réchauffe au soleil. L'arrivée d'un coléoptère éveille la souveraine de la maison souple et mobile, ouverte aux quatre vents. L'araignée, rapide comme l'éclair, s'empare de sa proie, qu'elle draine de ses sucs vitaux après l'avoir enrobée de soie, comme pour un baptême. Ou un pharaon dans un sarcophage.

Puis, la reine-araignée retourne au centre de son palais.

Matilda s'approche de Nadja, armée d'un balai dont elle se sert sur le patio. En voyant l'araignée, elle frissonne et fait la grimace. Puis, d'un coup de balai, elle détruit le temple de soie.

Abasourdie, l'araignée s'esquive dans l'herbe. Elle échappe au pied et à l'effroi de Matilda devenue croisée contre la faune indésirable.

Nadja pleure sa reine en exil. Elle pleure le palais de soie si fragile, à présent disparu.

Interloquée, Matilda dévisage la jeune femme devant elle. Tant de larmes pour cette araignée dégoûtante?

Malgré sa révulsion, Matilda jette un coup d'œil là où l'araignée a disparu. Accroupie, la reine déchue se repose sur une pierre.

Matilda regarde Nadja. La jeune femme contemple sa déesse improvisée avec le plus grand sérieux du monde.

Matilda songe à Ixcan qui contemplait, il y a si longtemps, les spirales de la grotte avec autant de révérence que Nadja devant l'araignée.

On a fini par tuer Ixcan d'un coup de balle à la tête parce qu'il était trop différent. Il faisait peur au village, qui a crié au sacrilège. Matilda l'a longuement pleuré, mais tout bas, sans rien dire. Elle a gardé son secret.

Matilda baisse la tête et pose son balai contre le mur de brique. Elle tourne les talons et entre dans la maison coquette. Elle garde son secret.

Nadja regarde passer Matilda. Elle ressent sa détresse.

Au fond des yeux de Matilda, Nadja voit l'enfant devant son ami le vieillard.

Elle voit les spirales de la grotte sacrée. Elle voit la statue de la Vierge de la Pampa.

Nadja entend les gens du village qui grondent de colère. *Il faut tuer le païen. Le sorcier a jeté un sort sur la petite. Il a profané le sanctuaire de la Vierge de ses offrandes hétéroclites et de ses incantations mystérieuses...*

La Transfiguration d'Arachné

Près de l'âtre, la nuit tombée, Nadja raconte à son tour une histoire à Pablo et à Matilda.

Il y a très, très longtemps, l'araignée était une femme. Pas une femme ordinaire, cependant...

Maîtresse tisserande de Lydie, la princesse Arachné se moquait des dieux. Elle vanta tant et si bien son art qu'elle affirma un jour pouvoir surpasser la déesse Athéna.

Mal lui en prit. La déesse releva le défi.

À vos métiers, Mesdames!

Dans le coin bleu, bleu comme le ciel: la déesse Athéna, dite Minerve chez les Romains. Elle est déesse de l'industrie, de la raison et de la guerre. La divine tisserande, issue tout droit de la tête de Zeus, n'a pas de mère naturelle. Elle n'a pas besoin de mère adoptive. Elle protège les soldats. Elle veille aux métiers des hommes. La sagesse d'Athéna est au service de la Patrie.

Athéna tisse et tisse et file. Sa toile étincelante raconte l'épopée des dieux dans toute leur splendeur. D'abord, elle montre Zeus: le divin père, protecteur du monde, superbe avec sa foudre au bout des doigts. Ensuite, Héra: mère et divine épouse, protectrice du foyer. Puis, Apollon: guérisseur et gardien de l'Oracle. Sur la toile, on voit aussi Éros-Cupidon, héros et sauveur de princesse condamnée, muni de ses flèches puissantes qui réunissent les amants malgré toutes les épreuves. Enfin, Athéna se représente elle-même: munie de son casque de guerre pour assurer la victoire de quiconque elle protège, tout en veillant sur les ateliers du monde.

Dans le coin rouge, rouge comme l'enfer: Arachné, princesse tisserande, réputée fière et mutine.

Arachné tisse et tisse et file. Sa toile étincelante est un éclat de rire lancé au visage de ces dieux et déesses qui ressemblent si souvent aux mortels. Zeus, sa verge énorme en érection, tient trois conquêtes épouvantées par les cheveux. Héra: sa femme jalouse, le bâton à la main, cherche à tuer ses rivales, pourtant impuissantes face à leur céleste ravisseur. Apollon: le divin Don Juan sans succès, pourtant si joli, auquel échappent tant la nymphe Daphné, pucelle qui se métamorphose en laurier, que la sage Sibylle, qui vieillit alors même qu'il la prend par la jupe. Éros-Cupidon: le beau mari friand d'amour qui s'enfuit, rempli de honte, devant Psyché si curieuse, au regard fixé sur la verge rétrécissante de son Sauveur en déroute. Enfin, Athéna, remplie d'orgueil et assoiffée de sang: un pied sur les cadavres gisant sur le champ de bataille, l'autre opprimant les esclaves pour les faire travailler davantage, son visage tourné en adoration vers Papa tout-puissant.

La déesse tisserande ne supportera pas l'outrage. Une simple mortelle ne doit jamais se moquer des dieux.

Princesse de talent, Arachné payera cher sa vantardise — et son humour...

D'un seul geste, Athéna fait de la mortelle impertinente une simple araignée: «Va, tisse! Ta toile sera plus humble désormais, et tu n'attireras que mépris ou terreur.»

C'est écrit ainsi soit-il.

Depuis cette époque, Arachné tisse et tisse et file en beaucoup plus petit et monotone.

Parfois, elle gobe son mari au coucher du soleil. C'est tout ce qui lui reste.

Arachné ne rit plus maintenant. Elle ne fait plus sourire les mortels, qui s'enfuient d'elle en épouvante... car elle est trop souvent venimeuse.

Réponse ensanglantée

Une fois par mois, Nadja et Matilda portent des couches, comme des enfants.

Mon corps de femme me guette comme un bourreau discipliné. L'heure venue, il me déchire les tripes avec des ongles de feu. Je hurle. Je gémis. Je me recroqueville dans mon lit, réduite à un petit tas d'hormones. Comme dans une grippe à vie accompagnée de plaies ouvertes. Les pilules m'endorment. Les médecins haussent les épaules.

C'est la vie c'est normal c'est tout. Comme les enfants couverts de poux dans les taudis chiliens.

Pablo me regarde à travers son monocle, d'un air paternel mais hésitant.

Je ne suis pas ton bois enchanté ton lac d'amour tes melons ensoleillés merde merde merde.

Il s'avance pour me flatter la tête. Je ne veux pas me faire flatter la tête. Je veux de la morphine. De la codéine. De la strychnine.

Je veux m'ouvrir le ventre et me déchirer les bras. Pour enfin saigner en harmonie.

Si jamais je me fais torturer, je serai prête.

Le Passant et les Pissenlits

André attend sa muse avec impatience dans un café. Il fume sa troisième cigarette. Nadja est en retard. Il a besoin d'elle, autant, et peut-être plus, qu'elle n'a besoin de lui. Elle devient une obsession, lui fournissant des morceaux d'un casse-tête qu'il ne comprend pas mais qui l'attire.

Enfin, il aperçoit Nadja dans la rue. Elle n'est pas seule. Une femme est à ses côtés, une femme plus âgée et très belle. André fronce les sourcils. Qui est-elle? Pourquoi vient-elle brouiller les cartes? Manifestement, elle n'est pas surréaliste. Elle porte au cou un mouchoir rouge enroulé. C'est une communiste. Malgré lui, André est intrigué.

Nadja et la communiste se dirigent vers lui en parlant avec animation. Nadja a l'air détendue et souriante. Il en est bouleversé. Aurait-elle perdu son enchantement? Ne lui racontera-t-elle plus sa démence poétique?

Nadja a dans les mains un bouquet de pissenlits. «Ce sont les fleurs des pauvres. Elles n'ont pas d'odeur et ne meurent jamais, dit-elle, en les plaçant dans le vase posé sur la table.»

Nadja s'assoit près d'André et l'embrasse avec fougue, tout en présentant Matilda. Celle-ci regarde l'auteur d'un air vaguement désapprobateur. André incline machinalement la tête en guise de salut.

L'auteur est courtois. Matilda perd peu à peu

sa méfiance. Son mari est un poète, le célèbre Pablo Neruda. André a lu quelques-unes de ses œuvres, qui ne lui disent pas grand-chose. Il se garde cependant de révéler ses opinions.

Nadja a son bras autour de Matilda et met sa tête sur l'épaule de sa compagne. André se sent mal à l'aise. Malgré lui, il glisse dans la conversation quelques commentaires malicieux au sujet du Grand Poète chilien. Matilda paraît ne rien entendre. Puis, elle regarde sa montre et se lève précipitamment. Elle doit partir pour la campagne. Pendant ce voyage d'une semaine, elle œuvrera auprès des paysans de son village natal.

Il ne reste plus que Nadja et les pissenlits sur la table. Nadja replonge dans ses pensées. André fume une septième cigarette. Il attend. Nadja lève la tête et sourit. Elle dégage un pissenlit du bouquet et souffle dessus. Les graines se répandent sur les cheveux et dans le café d'André. Nadja pouffe de rire. André ne comprend rien à ce geste, qui se veut manifestement surréaliste.

Nadja l'embrasse sur la joue, quitte la table, et disparaît dans les rues de Santiago. À travers la fenêtre, le soleil couchant répand ses dernières lueurs sur les murs des édifices environnants.

Chez Pablo

Matilda est partie en voyage de conscientisation ouvrière. Pablo s'ennuie. Il invite Nadiedja la mal-aimée, qu'il croit pouvoir convertir à la cause de la Justice Sociale, à prendre «un café». Et pour lui faire lire ses poèmes. Après tout, on les enseigne partout au pays.

Nadja a besoin d'amour. De beaucoup d'amour. Cependant, malgré sa folie, ou peut-être à cause de celle-ci, Nadja sait très bien qu'elle doit dispa-raître au coucher du soleil.

À son tour, Nadja compose un poème pour Pablo.

Cancion de repuesta

No soy de madera
De hielo o de piedra

Mis senos no son infinitos, ni huelen a menta,
ni son montañas entre lagos perdidos.

Yo soy hecha de cristal, de los huesos a la piel
Me rompe de repente en cien panderos
reflejando verdades distintas
Mentirosas cada una

Y nunca sé la cual seguiré

Por encima o abajo
Del suelo hasta el sol
Todo me parece igual
Y tus árboles no me ayudan nunca

Chanson de réponse désespérée pour Pablo

Je ne suis pas de bois
De glace ou de pierre
Mes seins ne sont pas infinis, ne sentent pas
la menthe, et ne sont pas des montagnes
entre lacs perdus

Je suis femme de cristal, des os à la peau.

Je vole en éclats reflétant cent vérités différentes,
chacune mensongère

Et je ne sais jamais vers laquelle je me tournerai

De haut ou d'en bas
Du sol au soleil
Tout m'est égal
Et tes arbres ne me servent à rien

Notre-Dame de la Détresse

Matilda est en route pour le hameau lointain de La Dolorosa. Il faut d'abord se rendre à San Juan de Nadie Sabe Dónde Estamos, la capitale du département El Perdido, à dix heures de route de Santiago. Ensuite, il faut passer par le village de El Encuentro Sagrado de los Caminos et enfin, marcher trois heures dans les sentiers de la pampa, car même les camionnettes les plus robustes ne peuvent y passer.

De la capitale régionale, qu'on n'appelle plus que Dónde Estamos puisque le pays compte plusieurs autres villages nommés San Juan, Matilda attend la camionnette à plateau découvert, sur lequel elle et les autres devront s'entasser. Il est cinq heures du matin. Elle a passé la nuit sur le camion en provenance de Santiago. Son dos est courbatu par les cahots du voyage, qui est loin d'être terminé. Elle apporte avec elle un panier rempli de vivres: savon, nourriture, médicaments.

Autour d'elle, une foule de *campesinos*[15] attend aussi. Une femme qui porte sur la tête un énorme panier d'osier rempli de provisions tente avec difficulté de rassembler sa marmaille de quatre enfants nu-pieds. La senteur des oignons se dégage de son fardeau. Deux hommes ont déposé leurs paniers sur le sol et s'essuient le front. Les paniers

---

[15] Gens qui travaillent la terre.

sont munis d'une sangle qu'on met autour du front pour mieux les porter sur le dos. Chaque panier pèse au moins quarante kilogrammes. Un peu plus loin, quelques jeunes femmes et jeunes hommes, chargés de leurs achats du matin, attendent de rentrer au foyer.

Matilda parle à tout le monde. On la reconnaît, car elle est la femme du Grand Poète National et native de la région. Elle leur parle de politique, de la dureté de la vie, de l'espoir d'un monde meilleur. Les mères hochent la tête. Les jeunes écoutent attentivement. Les hommes, cyniques au début, se laissent emporter par ses paroles. Il s'ensuit un débat: à quel prix la Révolution?

La camionnette arrive une heure plus tard, remplie de sa cargaison humaine. Une douzaine de personnes débarquent sur la rue poussiéreuse. On empile d'abord, au fond du plateau, les sacs et paniers de produits agricoles. Les enfants en font leurs sièges, entourés par les adultes. Matilda grimpe sur le plateau et s'assied sur les bords comme les jeunes et les hommes, en s'y agrippant pour ne pas tomber.

La route est à voie unique. D'un côté, on voit le flanc de la montagne; de l'autre, le précipice. Le chauffeur est habile et négocie les cahots, évitant de justesse quelques grands camions qui foncent en sens inverse.

Dernier stop: El Encuentro Sagrado de los Caminos, ou Los Caminos tout court, comme l'appellent les gens de la région. Tout le monde débarque. Les uns et les unes prennent la fourche de droite, vers le petit village d'El Grito. Les autres, dont la femme et ses quatre enfants, accompagnent Matilda sur la route vers La Dolorosa. Le panier de Matilda lui pèse; il y a quelques années qu'elle n'a pas porté de vivres sur la tête, comme sa mère et sa grand-mère avant elle. Elle porte le tout la tête droite. Pour ne pas oublier.

Matilda écoute la mère lui parler de ses longues journées devant le four, de son petit jardin ravagé par les insectes et les voleurs, des enfants morts de la diarrhée et d'une fièvre inconnue, de la faim, du froid qui souffle à travers les murs de la bicoque. Elle parle de son père, battu par le fils d'un propriétaire pour avoir volé un chou alors qu'il n'avait pas mangé depuis trois jours. De sa mère, morte à la naissance de son dixième enfant. De son mari, qui frappe quand la colère le prend, comme son père et son grand-père avant lui frappaient leurs propres épouses. Elle parle aussi des jours de fête, de mariage, de la musique venue des Andes qui résonne pour remercier le Créateur autant que pour décrire le quotidien.

À quoi bon se préoccuper de la politique nationale, dit la mère. Cela ne fait pas cuire la comida. Elle parle des grands espaces qui les séparent de la capitale. La Dolorosa est si loin et isolée que personne ne pourrait se rendre au bureau de scrutin, même si les gens avaient le droit de vote. De toute la population de cent cinquante-six familles, seuls deux adultes savent lire et écrire.

Matilda écoute et soupire. C'est bien pour cela qu'il faut la Révolution, dit-elle doucement.

La mère ne répond pas, car elle a oublié ce qu'était l'espoir.

Matilda et la mère marchent en silence jusqu'au village.

Jésus à Santiago

Dans une ruelle sombre de Santiago, José guette, l'arme au poing. Son premier ordre depuis qu'il s'est caché du monde, chassé comme une bête, sans nouvelles, sauf l'essentiel qu'il lui a fallu pour accomplir sa mission. Les fusils sont rares depuis la dernière tentative de coup d'état. Avec le couvre-feu, il pourrait se faire arrêter à tout moment.

José se tapit dans l'ombre. Où donc est Pedro? On l'aura sans doute capturé. Il faudra continuer sans lui; et sans l'ami Pablo, qui écrit sans doute en toute tranquillité ce soir.

Un soldat approche, visiblement fatigué de sa patrouille. Les environs sont déserts. José vise et tire. Atteint par la balle dont le bruit a été étouffé par un amortisseur, le soldat s'effondre. José s'élance et traîne le soldat dans l'ombre. De quelques mouvements rapides et précis, il dévêtit le soldat et lui prend son arme avant de jeter le cadavre dans un puits adjacent.

José entend quelque chose derrière lui. Il ne ressent aucune terreur. Depuis toutes ces années, la peur est comme son ombre. Il ne la remarque plus. Mieux vaut une balle au cœur ou à la tête qu'une session de torture et le risque de tout révéler. Il se retourne brusquement, prêt à tirer.

Pedro s'avance en souriant, les mains levées.

José se permet un soupir de soulagement.

«*Compadre.*»

«*Si. Muy bien.* Comme toujours, tu n'as rien perdu de ta souplesse», répond Pedro.

«Un autre uniforme de gagné. Un soldat de moins. Un seul...

— Oui. Il en faudra beaucoup plus, je sais. Sauf que tu connais la consigne: il faut épargner nos forces. Chaque soldat tué en sourdine en vaut dix au combat: assez pour déranger, pas assez pour le branle-bas général. Nous n'avons pas le choix.

— Heureusement, nous ne manquons pas d'appui.»

Le visage de Pedro s'assombrit.

«Pas si sûr. Il y a un mouvement pacifiste qui prend de l'ampleur un peu partout au pays. Leur chef prêche contre la résistance armée. C'est un mystique qui parle d'immortalité et veut faire croire au peuple qu'après la mort tout se réglera dans un royaume parfait. Il enseigne aux gens d'aimer leurs ennemis et de présenter l'autre joue quand on les frappe. Cela fait bien l'affaire du régime.»

José ne paraît pas convaincu.

«Mais comment peut-il attirer les gens de cette façon?»

Pedro sourit. «Il répand un peu le même message que nous, c'est-à-dire le partage de la richesse. Sauf que lui parle de la vertu de la pauvreté. Certains extrémistes militaires croient qu'il menace le régime autant que nous. Les *compradors*[16] ne sont pas contents.»

José fait la grimace.

«Ce n'est pas avec la vertu qu'on nourrira nos enfants.»

_____
[16] Bourgeois.

Pedro sourit amèrement.

«Il fait croire au peuple que tout ce partage sera volontaire de la part des *compradors*. On commence à le prendre pour un dieu. Il est entré dans un village à dos de *burro*[17], pour montrer sa solidarité avec les démunis. Plusieurs enfants de familles riches auraient quitté leurs parents pour le suivre. Partout sur son passage, on laisse des orchidées et des pissenlits. Tout ce qu'on sait sur lui, c'est qu'il est né dans un petit village et qu'il est fils de charpentier.»

José lève les sourcils, incrédule.

«Il réussit à hypnotiser les enfants des *compradors*! C'est un tour de force. Sauf qu'évidemment, tout ça n'est pas sérieux.»

Pedro hausse les épaules.

«Ce mouvement n'avance pas notre cause. Tu connais Matilda, la femme de Pablo? Elle s'est liée d'amitié avec une jeune femme qui le connaît, mais qui refuse de dire où elle l'a rencontré. Nous aurons peut-être l'occasion de voir ce chef sous peu chez Pablo lui-même: le pacifiste ne se méfie de rien ni de personne, à ce qu'il paraît. Entre temps, merci pour l'uniforme! *Hasta luego*...»

Les deux s'esquivent dans la pénombre.

---

[17] Âne.

La Dolorosa

Épuisée par la marche, Matilda arrive enfin à son village natal. Les visages ont changé. Des familles entières sont parties pour la capitale. Les parents de Matilda sont morts. L'armée a chassé de force plusieurs des familles et les a remplacées par des étrangers, pour semer la peur et l'incertitude et ainsi briser toute révolte.

Matilda cherche des gens qu'elle a connus. Où sont les Sanchez? La mère est morte. Le père est au maquis. Les filles sont parties servir dans les grandes maisons des propriétaires. Les fils sont à Santiago et personne ne les a revus. L'histoire se répète un peu partout.

Les hommes sont partis travailler. Ils reviendront ce soir entendre le message d'espoir qu'apporte Matilda de la part du mouvement révolutionnaire pour la Justice Sociale. On attend sa visite depuis plusieurs semaines.

Les femmes et les enfants l'accueillent avec tout le respect qu'on doit à la femme du Poète. Des petits enfants curieux observent, bouche bée, la grande dame qui leur tend chacun et chacune une orchidée. Les femmes du village sourient humblement, lissant à la hâte leurs robes fripées par le travail. Elle ne savent trop quoi dire, chuchotant quelques bonjours en s'efforçant de cacher leur accent campagnard.

Près d'une bicoque aux murs presqu'effondrés,

une petite fille se tient à l'écart. Sa robe est rapiécée et déchirée, ses bras et son visage couverts de bleus. Elle tisse en tresse trois pissenlits qu'elle tient entre les doigts. Sa mère sort de la bicoque. Elle est maigre, lasse et visiblement nerveuse. Ses cheveux tombent en mèches désordonnées sur son visage, défiguré par un œil au beurre noir. «Rosita! lance-t-elle, laisse cela! Viens saluer la dame de Santiago qui veut nous aider. C'est une sainte!»

La petite fille flanche, comme sous l'effet d'un coup. D'un air craintif, elle lève la tête vers sa maman. Puis, elle pose son regard tranquille et timide sur Matilda. Lentement, elle s'avance et lui tend sa tresse à peine achevée.

Matilda sent les larmes lui monter aux yeux. Au sein de la misère, la misère recherche ses semblables, songe-t-elle: s'il est naturel de maltraiter les autres, c'est parce qu'il paraît naturel de se faire maltraiter, puisqu'on ne peut rien y changer. On dit ensuite des gens du peuple: voyez comme ils sont sauvages, ils ne comprennent pas mieux, il faut les traiter de même ou ils nous entoureront de leur brutalité. Matilda pense à son petit frère roué de coups et à son oncle sadique. Elle voit la haine qui répond à la haine, sans issue et sans remède...

La mère de Rosita se précipite. «*Señora, perdónala*... Excusez la petite. Elle ne sait rien.» Elle se tourne vers sa fille et lui tord le bras: «*Qué tontería*. Tu fais pleurer les visiteurs importants avec ton air triste et tes idées folles!» Rosita éclate en sanglots.

Matilda se ressaisit. «*Señora*, murmure-t-elle doucement. Permettez-moi...» Elle se baisse, et prend la petite Rosita dans ses bras.

La mère recule, visiblement mal à l'aise. Elle repousse une mèche de son visage aux traits tirés, décontenancée. Puis, elle baisse la tête et se croise les bras autour des épaules.

Rosita pleure à chaudes larmes sur le cou de Matilda. La mère approche, les yeux désemparés, et place les mains sur les épaules de sa fille. Puis, elle pose sa tête désolée sur le dos de Rosita. «*Hija, hija.* Je ne veux pas te voir pleurer. Pardonne-moi. Cela fait trop de larmes.»

Rosita s'apaise, se dégage des bras propres et accueillants de la grande madame de Santiago et regarde sa mère. Elle est muette et sage. Trop sage pour ses dix ans. Puis, elle embrasse sa maman. «*Mamá. Que no llores tampoco.* Ne pleure pas, maman. Je t'aime. Je ne veux pas te voir pleurer non plus.»

Les femmes et les enfants observent la scène en silence.

Entre temps, les hommes reviennent. L'un d'eux porte le foulard rouge autour du cou. Jeune et maigre, il dévisage Matilda d'un air méfiant, puis regarde la mère qui s'essuie le visage. «Qu'est-ce qui se passe? Nous n'avons pas le temps de pleurer, dit-il, l'œil sombre. C'est la colère qu'il nous faut! Allons-nous montrer nos larmes aux *compradors* pour qu'ils voient notre faiblesse?»

Les femmes le dévisagent. Puis, elles se tournent vers Matilda pour voir comment réagira la femme du Grand Poète.

Matilda a les yeux tristes. Elle soupire. Encore un conflit. Il faut la Solidarité... Elle secoue la tête:

«*Pues, sabes compadre: todo empieza con lágrimas.* Ce sont les larmes des enfants et des femmes qui mènent à la colère qu'il nous faut pour agir. Il faut laisser couler nos larmes, pour ne pas oublier ce qui nous blesse et nous détruit. Ce sont nos larmes qui nous redonnent notre humanité: nous ne sommes pas des bêtes. Nous méritons la Justice Sociale! À ne montrer que la colère, nous durcissons les cœurs des autres contre nous et nous leur donnons une raison de plus de nous abattre et de nous maltraiter. Nos larmes ne sont pas une faiblesse: elles sont notre Vérité...»

Entre Cosaques

De retour à la maison familiale, Matilda raconte son voyage. José et Pedro arrivent et partagent leurs péripéties. Maigres réussites: la Révolution risque d'attendre, car ce Jésus convertit de plus en plus de camarades.

Nadja prête l'oreille. Elle fait part de tout ce qu'elle sait de Jésus. Les hommes l'écoutent avec attention. Nadja est ravie. Elle se sent très importante.

Enfin, Nadja se sent Cosaque. Chaussée de grandes bottes noires, elle boit de grosses bières froides avec les Camarades de la Solidarité. Les Camarades de la Solidarité ont des fusils, des uniformes et des aventures. Ils sont plus intéressants que Jésus, qui est un peu fatigant avec toutes ses manies. Même s'il est gentil. D'ailleurs, Nadja a trouvé en Matilda une nouvelle mère adoptive.

Alors que Matilda s'affaire dans la cuisine, Pablo, José et Pedro parlent de la situation du pays et du monde, accoudés sur la table avec Nadja. Ils discutent des armes nucléaires, de l'impérialisme culturel et de l'avenir économique de la Mère Patrie.

Nadja a les oreilles grandes ouvertes. Elle aussi veut partir en embuscade. Surtout contre l'asile, par exemple: c'est un bon début pour la Révolution. Elle en connaît chaque recoin. L'asile sera le Quartier général de la Révolution.

Mais les Cosaques s'impatientent. Qu'est-ce que cette idée? Un asile?

Les Camarades de la Solidarité toisent Nadja et lui tournent le dos pour discuter de vraie stratégie militaire.

Nadja se sent rétrécir sur sa chaise. Elle n'a pas l'habitude du combat avec de vrais fusils ou de vrais sabres courbés. Nadja n'est pas une vraie Cosaque.

Matilda sort de la cuisine. Elle n'est pas Cosaque non plus, même si elle fait la Révolution, songe Nadja. C'est Matilda qui sert les grosses bières froides lorsqu'elle revient de ses voyages de conscientisation ouvrière.

Matilda laisse parler les Camarades de la Solidarité. Elle les nourrit et les écoute. Elle songe au travail qui reste à faire. Le travail de l'espoir. Le travail de la Vérité, qui peut changer le monde puisqu'elle ouvre les yeux du peuple et l'unit dans la Solidarité.

Puis, Matilda songe à la Vérité de la douleur et de la souffrance qu'apportent la colère et la guerre et qu'il faut ajouter à la souffrance et à la douleur que vit déjà le peuple au jour le jour.

Si la haine répond à la haine, comment la haine finira-t-elle?

Matilda revoit la femme qui lui a parlé le long de la route vers La Dolorosa.

*À quoi bon se préoccuper de la politique natio-
nale? Cela ne fait pas cuire la comida.*

Matilda ne dit mot. Elle retourne dans la cuisine.

Jésus et Nadja

Nadja accompagne Matilda au centre-ville. Chez le fleuriste le plus coté de Santiago, Nadja voit Jésus, les bras pleins d'orchidées. Il a posé sa croix contre le mur. Depuis que Jésus a quitté l'asile, Nadja ne l'a pas revu.

«Heureux sont les malheureux, dit-il. Prends ta croix et suis-moi.

— Je ne suis pas comme toi, répond Nadja. Je veux courir et danser. Je veux me sauver avant de sauver les autres. Ma croix était beaucoup trop lourde. Elle me donnait des échardes sur les épaules. J'en ai fait une chaise et je m'assois dessus.»

Jésus a l'air triste. Mais il est très occupé, car il doit sauver tout le monde.

Matilda observe Jésus, fascinée. Elle l'invite chez elle prendre une tasse de thé. Jésus veut sauver Matilda et ses amis. Il met ses orchidées dans un grand sac de toile. Il hisse sa croix, en bois de teck et décorée de jolis motifs végétaux, sur ses épaules et suit Matilda.

«Pardon», murmure Jésus après avoir heurté de sa croix une ménagère aux bras pleins de sacs d'épicerie.

«Tu pourrais bien voir un peu où tu vas, avec cet objet!» lui crie la ménagère.

Derrière eux, Nadja s'évanouit dans la pénombre.

Avec Pedro et José, Jésus déguste une tasse de thé chez Pablo et Matilda. Il se tourne vers celle-ci.

«Tu es la Mère de la Patrie, dit-il. Tu es douce et juste.»

Pablo hoche la tête avec approbation.

«Vous devriez tous être comme Matilda», continue Jésus.

Pablo, Pedro et José froncent les sourcils.

Suite pour l'*Ode à la vie*

Nadja a le cafard. Elle part retrouver André dans un café de Santiago.

Le Poète-Chaman s'ennuie. Tout le monde ici parle de Révolution et de Justice Sociale. Le sujet ne l'intéresse plus depuis longtemps.

Nadja se demande si elle ne devrait pas lui donner raison.

Ensemble, Nadja et André écrivent pour se distraire. Il est utile d'avoir un poète comme ami, côté inspiration générale; même si le poète en question parle de Justice Sociale tout le temps et que ça devient ennuyant.

L'Ode à la vie est un poème de Pablo où le poète réconcilie la détresse de l'existence au sens plus profond de l'humanité. Dans cette œuvre, l'auteur fait de la lutte et de la solidarité un baume pour les blessures existentielles et pour la déprime qui frappe si souvent les poètes.

André et Nadja ne sont pas d'humeur à réconcilier la détresse de l'existence à quoi que ce soit de beau ou d'exalté. Ils formulent une réplique au poème.

Après la lutte
Lorsque les rêves sont épuisés, et que les martyrs s'entredéchirent

Après la rage
Lorsqu'il n'y a plus que la honte de l'abus ou
la défaite d'un coup manqué
Après l'amour
Lorsqu'on s'aperçoit, enfin, qu'on n'est pas
si beau, ou si gentil
Après la nuit
Lorsque le soleil blafard ne révèle que les
pierres mouillées
Après l'espoir
Lorsque l'écho de nos paroles ne suffit plus,
et que rien n'a changé
Après la fête
Lorsqu'il faut tout nettoyer
Alors
Il ne reste plus rien

L'œuvre terminée, Nadja se confie au Chaman.
Elle raconte son ambivalence envers son ancienne
mère adoptive, Jésus.

Le Calepin

André brûle de rencontrer Jésus. Quel phénomène! Jésus est beaucoup plus intéressant que ces minables révolutionnaires, qui sont fatigants avec toutes leurs manies.

Nadja soupire. Jésus a bien de la chance. Tout le monde s'intéresse à lui. On lui sert du thé et on lui sourit tout le temps.

Nadja donne rendez-vous à André à la place principale de Santiago. Sous la grande horloge, les deux attendent.

André est prêt. Il a son calepin.

Au loin, la foule gronde. Peu à peu, la place est bondée. Des centaines de gens s'agitent, chantent, dansent et prient à haute voix. Partout, on lance des orchidées et des pissenlits. André écrit fébrilement dans son calepin: *Les orchidées scandent la mesure dans la bouche des horloges. Les pissenlits dansent sur les pieds du délire.*

André s'impatiente. Où est Jésus? André veut voir de ses propres yeux cet homme qui se promène à dos de burro et qui porte une croix sur ses épaules. C'est encore mieux que Dali avec un pain géant sur la tête, même si Dali a davantage le sens de la variété.

Enfin, Jésus se présente. Il se dirige vers André: «Heureux sont les malheureux, dit-il. Prends ta croix et suis-moi.» Il lui tend la croix qu'il a sur le dos.

André sent un frisson. Quelle expérience! Cependant, il hésite. S'il prend la croix, il ne pourra plus écrire dans son calepin car il n'aura plus les mains libres. Il fixe Jésus du regard et prend des notes à la hâte. *La croix de la place. La place de la croix. Le burro se promène à dos de pissenlit. Les heureux malheureux suivent le chemin de la croix… La croix malheureuse est un pissenlit de douleur sur le burro des heureux.*

Mais Jésus s'est déjà éloigné, porté par la foule. Désemparé, André tente de se frayer un chemin vers lui.

«Attendez! Monsieur! Attendez-moi! Vous êtes très Surréaliste! C'est un cadeau, vous savez! Je vous rendrai célèbre! Je suis Auteur! Attendez! Je souhaite vous écouter davantage!»

Mais Jésus est parti. Agacé, André soupire bruyamment et se tourne vers Nadja. «On y va?» demande-t-il d'un coup sec de la tête.

Nadja hausse les épaules et lui emboîte le pas.

André et Nadja se tracent un chemin à travers les orchidées et les pissenlits piétinés par la foule, oubliés sur le sol et qui ne servent plus à rien.

Et tu ramperas dans la poussière

Nadja s'amuse avec un serpent qu'elle a trouvé dans l'herbe.

Les serpents et couleuvres sont propres, flexibles, rapides et ne font pas de bruit. Ils sont parfois très jolis, comme la fée Mélusine.

Mon amie la couleuvre s'entortille autour de mes doigts. Je lui confie mes peines et mes joies. Elle répond tendrement d'une caresse interrogative et veloutée, de sa petite langue fourchée.

Matilda, attendrie à la vue de la jeune femme si sérieuse qui joue dans l'herbe, s'approche de Nadja: «Qu'as-tu entre les mains, ma fille?»

Nadja veut partager son trésor avec sa nouvelle mère adoptive. Comme une offrande, elle ouvre les mains et sourit, radieuse.

Maman-Matilda ne peut retenir un cri de surprise et de révulsion. Son cri fait sursauter Nadja, qui entend les voix de toutes les mères du monde.

Il ne faut pas flatter les vipères. Les serpents doivent faire trembler les femmes.

C'est écrit ainsi soit-il.

Déçue, Nadja laisse partir la couleuvre. Dans les yeux de Matilda, elle devine les spirales de la grotte et le fou de la Vierge qui partage son savoir.

Nadja scrute le visage de Matilda: il y a là la peur et la honte.

Les serpents sont pourtant de très utiles créatures. Ils font la chasse aux rats et gobent les souris du monde.

Matilda frissonne. Elle revoit la grotte où elle suppliait la Vierge. Elle revoit le visage d'Ixcan et se rappelle ses confidences. *Ce sont des serpents enroulés... Sœur divine, épouse du serpent ailé, fille de Grand-Mère Araignée...*

C'est elle qui a tué Ixcan, parce qu'elle a tout raconté au village.

Il n'aurait pas dû lui en dire autant. Elle n'était qu'une enfant. Il n'aurait pas dû parler du dieu-serpent ailé ou de la Grand-Mère Araignée. Il aurait dû savoir que c'était un sacrilège et un péché.

Pourtant, Ixcan n'était qu'un pauvre fou. Il n'était pas sorcier.

Après le meurtre, les prières du village à la Vierge de la Pampa sont restées sans réponse. La grotte fut abandonnée.

Elle a tué son ami elle l'a tué elle l'a tué.

Matilda s'enfuit loin des couleuvres cachées dans l'herbe. Loin du souvenir d'Ixcan.

Ce n'était pas moi c'était le village. Le village prisonnier de son ignorance de son oppression qui n'a pas compris qui ne voulait que protéger les enfants

contre le sacrilège et les sorciers qui ont peut-être
trop de pouvoir car il y a les miracles et il y a la
sorcellerie et le pouvoir qu'on ne comprend pas qui
n'a pas le respect...

Il faut comprendre. Il faut pardonner.
Elle garde le secret. Le secret du village. Le se-
cret de son village.
Son secret.
Il faut se comprendre. Il faut se pardonner.
Il faut oublier. Il faut reprendre le quotidien.

Les morts n'ont pas de voix. On ne peut les guérir.
Les souvenirs n'ont pas d'oreilles. On ne peut
les convertir.

Il ne faut pas trop verser de larmes. Il faut les
enterrer, ces larmes. Les quitter. Ne plus leur ac-
corder de place. *Que no adapte ni halague a la
desdicha...*[18].
Il faut le courage.

Et s'il faut la colère? Contre quoi contre qui à quel
prix la Révolution?

*Si la haine répond à la haine, comment la haine
finira-t-elle?*

Qu'est-ce que le sacrilège?

---

[18] «Il ne faut ni adopter la tristesse, ni y céder.» Du poème
"Ode à la vie", de Pablo Neruda (*Odas elementales*).

La Mue

Le serpent s'enfuit dans l'herbe.

Il s'éloigne en terreur de l'énorme bipède qui le suit partout et qui a voulu l'écraser de ses dix mandibules articulées.

Pourtant, le monstre à deux pattes ne l'a pas mangé. C'est curieux.

Les bipèdes à dix mandibules articulées ne mangent pas toujours les créatures qui les intéressent.

Tant mieux pour moi, se dit le serpent, qui est heureux d'être vivant.

Les bipèdes à dix mandibules emportent parfois les créatures et les cachent, et on ne les revoit plus. On ne sait pas ce qui leur arrive...

Tant mieux pour moi, se dit le serpent, qui est heureux d'être libre.

Le serpent s'enfouit dans l'herbe. C'est le temps de la mue.

Il lui faut se cacher car sa peau neuve est trop douce et trop fragile. Les rats et les souris pourraient la mordre.

Le serpent se défait de sa carapace.

La peau ancienne est dure comme une coquille. Elle se frotte contre la peau neuve et lui fait mal.

Enfin, la peau ancienne est complètement détachée du serpent. Il peut s'en extirper.

Le serpent soupire d'aise et s'enroule en spirale. Il ne doit pas se dérouler. Il ne doit pas sortir. Pas tout de suite...

Le serpent s'endort, en attendant que sa peau neuve durcisse un peu.

Il rêve au bipède avec les dix mandibules.

Le bipède lui donne des souris à manger. Il tient le serpent entre ses mandibules et le chatouille.

C'est agréable. C'est bien d'avoir à manger sans avoir à chasser. Ça ne fait pas mal lorsque le bipède le chatouille avec ses mandibules.

Seulement, le serpent est pris entre les mandibules et ne peut pas sortir.

Le Serpent dans la cathédrale

Nadja lit un écriteau sur le mur d'une cathédrale de Santiago:

«Quoiqu'il arrive, tu es Fils de l'Univers et tu y as ta place.»

Nadja aussi veut être Fils de l'Univers.

De quel univers, au juste, parle l'écriteau? Il ne donne pas de détails. Les murs de la cathédrale n'ont pas la réponse non plus.

Nadja entre dans la cathédrale assombrie. Partout, les gargouilles l'observent en catimini. Dans un coin, une statue de la Vierge foule un serpent.

Nadja ressent un profond malaise, comme un coup de pied au ventre. Le coup de pied d'une statue de pierre...

Elle songe à l'écriteau. Elle ne sent pas qu'elle fait partie de cet univers plein de cathédrales et de belles pensées.

Tout à coup, Nadja se sent comme une imposteure.

Les gargouilles de la cathédrale la dévisagent avec hauteur. «Tu n'es pas des nôtres, lui disent les visages grimaçants. Qui es-tu?»

Nadja cherche la réponse, mais ne la trouve pas.

Les gargouilles répondent à sa place: «Tu es complice du serpent maléfique: symbole du désir des hommes; symbole de la faim et de la soif de la chair, de la passion qui les entraîne si loin de la contemplation divine et de cet amour paisible qui permet l'acceptation totale de l'univers. Car l'univers se déroule tel qu'il se doit, selon la volonté de Dieu. Tu es l'ombre de la Nuit des temps qui efface la lumière du jour. Ta détresse n'est qu'une tare que personne n'a demandée. Ton angoisse n'est qu'une faiblesse que personne ne veut comprendre. Ta sagesse doit être au service de la Patrie. Ta douleur est une souillure, qu'il te faut cacher du monde. Purifie-toi de ton péché, et du péché dans lequel tu entraînes les hommes. Cesse tes mensonges et fais ta pénitence. Seule la Vérité pourra te guérir et te purifier.»

Pourtant, Nadja ne ment jamais. Elle cherche sa propre vérité, tout simplement.

Nadja s'enfuit, loin des gargouilles et de la cathédrale.

Nadja veut la passion. Elle ne veut pas l'amour paisible qui permet l'acceptation totale de l'univers qui se déroule tel qu'il se doit selon la volonté d'un Dieu qui ne l'a pas créée en Son image.

Nadja n'a pas de barbe, comme dans toutes les images de Dieu.

Elle n'est pas Fils de l'Univers après tout.

Le Songe de Nadiedja

Nadja rêve au serpent de la cathédrale.

La Madone de pierre lève le pied.
Le serpent s'échappe et se dresse devant la statue.
Il a des ailes.
La statue se métamorphose.
Sur la tête, elle porte un diadème où brille un serpent enroulé. Elle tend les bras en un geste qui traduit la révérence et l'amour maternel.
La statue se fait chair et grimpe sur le dos du serpent ailé. Les deux s'envolent et voyagent à une vitesse vertigineuse. Ils atterrissent sur un terrain rocailleux.

Devant eux, la crevasse de Delphes crache ses vapeurs sulfureuses.

Nadja se retrouve près d'eux, vêtue d'une longue soutane blanche.

De chaque côté de la crevasse, une multitude de serpents s'assemblent.
Le dieu Python, hôte des lieux, garde l'Oracle. Il accueille le serpent plumé du pays du Rêve de l'Australie aborigène. Le Dragon à huit têtes du Japon atterrit tout près, suivi de ses confrères chinois et coréen. Un peu plus loin, le serpent

nordique de Midgard donne sa recette de venin à son compère du Jardin de l'Occident, qui se déclare peu apprécié de son entourage. *Ce n'était qu'une pomme*, dit-il à qui veut l'entendre. *Tout ce bruit pour un peu de sagesse.*

Kukulkan-Quetzalcoatl arrive des contrées du Sud. Il emboîte le pas à Kalî, déesse de la fureur et de la rétribution divine en provenance du fleuve sacré du Gange. Pour l'occasion, elle s'est transformée en Serpent de lumière et de sagesse: kundalinî[19]. Elle s'enroule et flotte, confiante, tranquille et taquine, parmi ses confrères invités: *Savez-vous, mes semblables, que les hommes vous croient symboles de leur virilité? Ils n'ont pas deviné que leurs piètres imitations de votre forme n'ont été conçues que pour amuser les femmes...*

Nadja recule et observe le défilé sibyllin.

La statue devenue chair s'avance au milieu des serpents assemblés.

À côté d'elle, d'autres femmes émergent des vapeurs sulfureuses, vêtues de blanc, le front serti d'un diadème où brille un serpent enroulé. Ce sont les pythies de l'Oracle, Sœurs divines sans âge et sans frontières.

---

[19] Kundalinî, chez les Hindous, représente l'énergie interne, de nature divine, à l'intérieur de chaque individu. On la représente sous forme de serpent femelle endormi, enroulé, lové à la base de la colonne vertébrale. En état de méditation profonde, l'adepte parvient à la «voir» et ainsi à réaliser son être véritable, libre du cycle des réincarnations. Référence tirée de l'ouvrage *Les Religions* (Encyclopédies du savoir moderne), Centre d'Étude et de Promotion de la Lecture, Paris, 1972. Sous la direction de Jean Chevalier.

Les Sœurs divines hument les vapeurs, les yeux ouverts remplis d'extase. Elles s'approchent des serpents et leur prennent le venin sacré. Emportées par le délire, les Sœurs divines s'unissent aux serpents en une tarentelle amoureuse.

In venino veritas...

Nadja se mêle aux ébats.

Feu passion tension intense collision ravage
union fusion
Tentation fascination désir passion obsession
Sortilège mystère
Énergie puissance volonté
Mordre les dieux les séduire les briser les
transformer les vaincre
Piller le trésor le reprendre
Voler le feu reprendre le feu volé
Angoisse terreur
Frisson
Se rendre se perdre s'oublier se laisser
conquérir s'abandonner
Déclic jet perçant rejaillissant soubresaut
tremblement choc bouleversement fontaine de
Sagesse assouvie
Néant délivrance
Extase fécondation création enfantement
dans la douleur

Après le rite, les femmes et leurs Époux divins se dirigent vers un énorme trépied, installé au-dessus de la crevasse. Une araignée géante apparaît sur le trépied.

Arachné est incarnée Mère du monde. Elle est Grand-Mère Araignée, qui a tissé la Terre, comme le racontent les peuples du Nouveau Monde. Sa chair grouillante dégage une chaleur intense. De ses babines gluantes sortent des fils opalescents, qui unissent les serpents et les femmes en une immense toile brillante et flexible.

Les serpents, Époux divins, suivent l'exemple de kundalinî et se transforment tous en spirales lumineuses. Ils se lovent dans les colonnes vertébrales des Sœurs divines et de Nadja. Nadja se sent toute femme, une et plusieurs à la fois. Elle voit au fond des cœurs de ses consœurs et jusqu'au Dernier Jour...

Grand-mère Arachné est Mère fertile, mais sanguinaire.

Des vapeurs se dégage la silhouette d'un homme, les bras ligotés par les fils opalescents de la Mère. Il a le visage d'André.

Nadja ressent la terreur mêlée d'extase de l'homme immobile. Il a les cuisses gluantes, recouvertes de sa propre semence mêlée au sang des femmes. Les yeux ronds comme des billes, il s'avance en transe vers les Sœurs divines.

Les femmes vêtues de blanc l'entourent. Elles ont les mains ensanglantées...

Et les hommes sont baignés dans le sang sacré de nos entrailles, pour être jetés dans la gueule béante de la Mère Honorable, après l'amour qui nous donne la sagesse.

Ainsi la terre nous dégorge ses fruits. Ainsi nous lisons dans la Nuit des temps, en buvant le sang sacré de nos entrailles, mêlé au sang des hommes, digéré par la Mère.

Ainsi le fruit de nos entrailles retourne à nos entrailles.

C'est écrit ainsi soit-il.

Nadja voit les femmes vêtues de blanc s'approcher du trépied entouré de vapeurs. Elles s'approchent de la Mère et la laissent sucer leur chair tendre et douce. Puis elles se nourrissent de la chair grouillante et fertile et reprennent les sucs drainés.

La Mère dévorée se regénère. Elle donne et donne sa chair qui se renouvelle aussitôt...

Lamentation disparue

Nadja est seule dans sa chambre. Elle se berce doucement sur son lit.

À travers la fenêtre, le soleil couchant baigne les murs de sang et de feu.

Nadja allume la radio. Elle aime bien les chansons. Elle aime bien danser et battre des mains. Elle veut danser une tarentelle.

Tout à coup, elle entend les Sœurs divines à son poste favori.

Les Sœurs divines chantent une chanson triste.

Elles chantent leur monde perdu depuis que des étrangers les ont conquises. La Mère s'affaiblit car ses Filles ne peuvent plus la nourrir. À son tour, elle ne peut plus nourrir ses enfants.

Nadja note les paroles de la chanson des Sœurs divines.

Le sang coule sur la plaine et au pied des montagnes, ô Mère Honorable.

Le sang coule près du fleuve nourricier. Les cités de pierres, aux statues rondes et joyeuses sculptées en Ton image, ne seront désormais que cimetières.

Les étoffes de lin aux mille couleurs miroitantes, les gobelets ciselés, les réserves abondantes de nos greniers ont attisé la convoitise des Grands Chasseurs aux armes redoutables.

Déjà, le vent du désert efface notre sagesse gravée sur les surfaces calcaires.

On détruit l'argile de nos légendes pour obéir à d'autres dieux.

Nos chants d'allégresse, qui résonnaient jadis pour Toi, font place à nos cris de douleur.

Les fruits de nos labeurs de nos mains de nos voix de nos entrailles nourriront les nouveaux venus.

Notre chair tendre et douce sera le dernier trophée de la Conquête.

Et nous serons les déshéritées de la Terre[20].

---

[20] Riane Eisler, auteure du livre *The Chalice and the Blade*, est peut-être la mieux connue des théoriciennes qui tentent de retracer les civilisations à influence féminine, telles celles de la Crète minoenne. L'adoration de la Déesse dans les anciennes civilisations, ainsi qu'en Europe à l'ère préchrétienne, est assez bien documentée. Eisler et ses collègues soutiennent que les civilisations non patriarcales étaient pleines de femmes très gentilles et de beaux hommes roses. Ces civilisations surtout agraires et commerçantes auraient été conquises par des peuples guerriers, patriarcaux, pastoralistes et chasseurs, rigidement hiérarchisés, au culte basé sur la mort et l'abnégation.

Caveat hic dragones[21]

Nadja passe devant la cathédrale aux gargouilles sévères et grimaçantes. Cette fois, elle n'y entre pas.

Cependant, les gargouilles l'interpellent en grinçant des dents:

Il faut écarter les clairvoyantes les sorcières les supplicantes de leurs serpents sacrés de leur Mère Honorable à la toile affamée du sang des hommes.

Les serpents seront désormais maudits par les Conquistadors barbus et feront trembler les femmes dont le cœur sera tendre et végétal.

C'est écrit ainsi soit-il.

Caveat hic dragones.

Les épouses du Serpent divin seront brûlées vives pour leur sagesse défendue, qui échappe au pouvoir des hommes.

Et le sang des femmes sera maudit.

---

[21] «Attention — ici, il y a des dragons.» Inscription gravée sur les cartes anciennes, pour indiquer la fin du monde, qu'on croyait située à l'ouest de l'Europe, soit dans l'océan Atlantique, avant qu'on ne découvre que la terre était ronde.

Avé

Au fond de la cathédrale résonne le glas de la prière. À travers les vitraux, Nadja voit la Madone de pierre.

La Madone baisse la tête.
Elle prie pour les Grands Chasseurs qui ont depuis longtemps achevé la Conquête.

De la Mère Honorable, il ne reste plus d'image.

La Madone est au service de Dieu. Elle est douce et souriante, et non redoutable.

La Madone sauve tout le monde avec un gros bec et une tasse de thé. C'est plus économique et beaucoup plus gentil qu'avec des armes nucléaires.

La Madone est chaste et pure. Elle écrase les serpents et combat les dragons volants aux côtés de saint Georges[22] et sainte Brigitte[23] et tous les autres.

---

[22] Saint Georges est un martyre chrétien. Officier, il tue le Dragon à qui une princesse doit être sacrifiée. Le tout rappelle Andromède, sauvée d'un monstre marin par Persée; ou encore Psyché, sauvée par Cupidon. Il s'agit sans doute d'un complexe de rivalité phallique (les gros serpents ont tendance à mal faire paraître les verges masculines). Saint Georges est le prototype du paladin, ou croisé.

[23] Patronne de l'Irlande, pays réputé pour ne pas avoir de serpents. Ceux-ci auraient tous été tués par saint Patrick.

La Madone est la patronne et la vedette des Conquistadors. On lui a donné une couronne et un piédestal pour la consoler d'avoir perdu son royaume, qui appartient désormais à Dieu-le-Père et son Fils et le Saint-Esprit, alias Vishnu-Brahma-Shiva[24].

De son beau carosse intouchable, elle salue tout le monde et tout le monde la salue.

La Madone ne saigne pas comme les autres.

Elle est bénie entre toutes les femmes. Et le fruit de ses entrailles restera auprès du Père, pour ne pas retourner dans la poussière, où rampe désormais l'Époux divin.

[24] Trinité hindoue.

Familia sagrada

Matilda s'inquiète pour Nadja, qui lui paraît de plus en plus distante.

Nadja observe sa mère adoptive. Le cœur tendre et bien cultivé de Matilda-terre-fertile, Maman-lac-d'amour-à-la-chlorophylle, saigne copieusement pour Nadiedja la mal-aimée.

Il saigne comme le cœur de la Madone dans les cathédrales avec les beaux cierges parfumés.

Nadja entend la voix de toutes les mères du monde:
Tu es trop négative ma chérie.
Il faut accepter la vie.
Il faut comprendre.
Il faut tout pardonner à ceux qu'on aime.

C'est dur d'être seule et d'être mal-aimée. Folie solitaire dans le deuil d'un puits oublié. Il faut se joindre aux autres, la main dans la main, pour lutter dans la solidarité[25].

Nadja se cache le visage pour ne pas voir Matilda et son regard interloqué.

---

[25] Ô vie / les pauvres poètes t'ont crue amère... / Ils se sont barricadés dans le deuil d'un puits solitaire... / Ô vie / Que ceux qui te renient / Fassent enquête et luttent / Qu'ils joignent leurs mains à d'autres mains... "Ode à la vie", de Pablo Neruda, traduction libre de l'auteure.

Veuve blanche

Sur la pointe des pieds, Nadja retourne dans la cathédrale. Elle se cache des gargouilles grimaçantes. Elle apporte un calepin.

La Madone partage son enceinte avec la déesse Athéna, arrivée de Grèce. La déesse est en vacances-travail. Athéna déploie ses bagages et s'installe à son aise. Elle tisse et tisse et file.

Du coin de son métier, elle fait un clin d'œil à la Madone.

Le cœur de la Madone saigne et saigne, car il doit tout pardonner. Le flot de sang ne laisse aucune trace sur la longue robe blanche de la Madone.

C'est un miracle.

Vierge à son tour, Athéna n'a pas de Mère Honorable[26]. Elle est issue tout droit de la tête de Jupiter,

---

[26] Voir *l'Orestie*, une trilogie dramatique d'Eschyle. Oreste est accusé d'avoir tué sa mère Clytemnestre, qui a à son tour tué son mari Agamemnon (héros de guerre) pour venger sa fille Iphigénie, qu'a sacrifiée Agamemnon pour apaiser les vents défavorables. Oreste est absout de matricide par l'absurde prétention que les humains sont nés du père plutôt que de la mère. Apollon donne en exemple la déesse Athéna, comme si c'était un cas typique. On allait chercher loin pour justifier la patrilinéarité chez les anciens Grecs.

Le chœur des Érinyes (furies) dans cette pièce révèle l'opposition entre les anciennes divinités, furieuses face à la

Père tout-puissant, et sa sagesse est au service de la Patrie.

La Madone lui sourit gentiment, comme si on lui avait donné beaucoup de pilules qui coûtent très cher et qui font tout oublier.

Il n'y aura plus de maîtresse tisserande. Arachné-la-redoutable-déchue est devenue veuve et vengeresse. Seule et impuissante au milieu de sa toile, elle a guetté dans l'ombre pour appliquer sa morsure à l'heure venue.

Mais l'heure n'est jamais venue.

La Madone ajuste sa nimbe et lisse sa longue robe blanche. Elle se tient droite et immobile. Il ne faut pas trop bouger, car il ne faut pas salir le beau vêtement sacré. Après tout, elle est Immaculée.

Ce n'est pas gentil d'être en colère, dit la Madone aux yeux doux doux doux.

---

transgression de leurs lois, d'une part, et les nouvelles divinités, personnifiées par Athéna, qui imposent la loi patriarcale en acceptant l'argument d'Apollon. Suite au pacte conclu avec la jeune déesse, selon lequel les anciennes divinités — les Érinyes — seront honorées à Athènes, celles-ci se transforment en Euménides, soit «les bienveillantes».

Le Volcan fatigué

Pablo sirote une grosse tasse de thé, l'air absent, plongé dans son travail de Grand Poète National.

Matilda pose la main sur l'épaule de son mari et lui donne un bec. Elle ne veut pas trop le déranger, cependant. Elle se garde de lui poser des questions.

Elle pense à Rosita, la petite fille du village perdu. Elle pense à Jésus. Elle se voit mère de Rosita. Jésus en serait le père. Loin des fusils. Loin des *compradors*. Loin des révolutions. Loin, très loin, où il ne faudrait plus être dure comme un mur de pierre afin de lutter pour la Révolution.

Puis, vite, elle chasse cette pensée coupable.

Pablo tape affectueusement le bras de Matilda sans lever la tête, tout en écrivant d'une énergie fébrile. Il doit bientôt rencontrer José et Pedro pour discuter de stratégie politique.

Matilda soupire et se retire dans la cuisine. À travers la fenêtre, elle observe les derniers rayons de soleil. Dans le ciel, les nuages saignent avant de s'évanouir.

Pablo lève la tête un moment. Il pense à Matilda. À la force tranquille et sûre de son amour, comme la terre chaude qui promet une récolte abondante.

Le cœur de Matilda lui paraît capable de soulever les montagnes. De bercer. De guérir.

Dans la cuisine, Matilda se sent fatiguée. Son cœur lui paraît comme une orchidée au pied d'un immense volcan qui gronde et qui finit par détruire tous les villages environnants.

L'orchidée ensevelie devient pierre. Comme tout le reste. Et sur la pierre poussent les pissenlits dont personne ne chante la beauté simple ou le parfum de terre et de soleil, parfum qu'on ne peut mettre en bouteille.

Matilda sait qu'elle doit être forte. On a tant besoin d'elle. Il ne faut pas défaillir ou se plaindre. Elle essuie quelques larmes.

Tout commence avec les larmes...

Le Sanctuaire

Matilda visite l'asile en compagnie de Jésus.

Le cœur de Matilda éclate à la vue de tous ces gens malheureux. Elle songe à Ixcan, qui aurait pu être soigné. Elle écoute, réconforte, embrasse et distribue des orchidées.

Le Médecin en chef, averti de leur présence, se dirige vers les deux visiteurs. Il jette un coup d'œil à Jésus. «Ah, c'est vous! Alors, on est prophète maintenant! Bravo, bravo, dit-il d'un ton ironique où perce l'envie. Évidemment, notre traitement y est pour quelque chose, ajoute-t-il en se rengorgeant. Vous ne manquerez pas de citer cela, n'est-ce pas? Et n'oubliez pas d'épeler mon nom comme il faut! Enfin, que puis-je faire pour vous? Les visites générales, sans rendez-vous, sont peu recommandées», explique-t-il en se tournant vers Matilda.

Il reconnaît la femme du Grand Poète National. Son visage change d'expression. Il se ravise: «Bien sûr, on peut toujours faire une exception», dit-il d'un ton doucereux.

Matilda sourit d'un air magnanime. «Vous êtes bon», dit-elle.

Le Médecin en chef incline la tête, gratifié. «Suivez-moi», dit-il.

Les patients sortent dans les couloirs. Une lueur d'espoir dans les yeux, ils s'approchent de Matilda. Le Médecin en chef s'interpose: «Attention aux démonstrations d'affection! Vous voyez, plusieurs de nos patients souffrent d'un trop grand besoin d'amour. Il ne faut surtout pas les dorloter. Afin de changer leur comportement, il faut garder une distance saine. Il ne faut pas les encourager à trop se coller aux gens qu'ils rencontrent. Cela risque de retarder leur guérison. L'ostracisme et la désapprobation sont des outils très efficaces contre les comportements et les discours indésirables. D'ailleurs, trop d'indulgence ou d'affection risque de donner à ces gens de faux espoirs, d'une vie normale sans thérapie.»

Matilda se sent mal à l'aise devant cette idée que la bienveillance naturelle pourrait provoquer la maladie. Pourtant, ces pauvres gens malheureux n'ont pas l'air plus repoussants que d'autres. Elle tourne la tête, soudain incertaine du comportement à suivre.

À deux pas, un jeune homme aux yeux égarés, les bras ballants, se berce debout, la bouche ouverte. Lorsqu'il aperçoit Matilda, il sourit craintivement. Malgré son grand corps d'homme, il a l'air d'un enfant perdu. Le cœur de Matilda se gonfle. Elle lui sourit tendrement. Le sourire du jeune homme devient confiant et radieux. Il s'approche d'elle, timidement, la tête penchée, les bras ouverts.

Alors, malgré les avertissements du Médecin en chef, Matilda prend le jeune homme dans ses bras. Il la serre très fort et chante une berceuse tout bas. Elle lui flatte la tête et lui murmure des paroles de réconfort. Le jeune homme commence à pleurer dans les bras de Matilda. Son corps s'ouvre, trop longtemps privé de tendresse. Matilda le berce et pleure à son tour. Elle pleure avec lui toutes les années perdues dans la solitude et la méchanceté des autres. Elle pleure son manque d'amour.

Le Médecin en chef est visiblement irrité. Il jette des regards désapprobateurs aux deux enlacés. Tout cela va à l'encontre du protocole.

Enfin, il n'en peut plus. Il s'avance et sépare le jeune homme de Matilda.

Le jeune homme se débat comme un forcené. Le Médecin en chef hoche la tête en le retenant. Deux gardes-malades surgissent, prennent le jeune homme par les bras, lui administrent un sédatif et le guident vers sa chambre. Il pleure et hurle.

Le Médecin en chef soupire douloureusement. Il adresse la parole à Matilda en s'efforçant d'être poli.

«Madame, je loue votre compassion évidente, mais vous voyez un peu l'effet de vos actions. Ce jeune homme ne vous aurait pas lâchée d'une semelle si on lui avait permis de continuer. Vous n'en auriez pas apprécié les conséquences.»

Ébranlée, Matilda s'essuie le visage mouillé de larmes et regarde le Médecin en chef d'un œil à la fois craintif et contrarié. Celui-ci reprend:

«Malgré tout le respect que je vous dois, Madame, je me fais un devoir de vous signaler que vous pourriez sans doute profiter d'une de nos thérapies pour les femmes qui aiment trop. C'est une maladie, somme toute, assez commune. La thérapie pourrait se faire très discrètement, soyez-en assurée.»

Cette fois, Matilda ne contient plus son indignation. Elle dévisage le Médecin en chef avec raideur. Puis, elle lui donne un coup sur la tête avec son sac d'orchidées, fait volte-face et quitte l'asile, la tête haute.

Le Médecin en chef, estomaqué, secoue sa tête couverte d'orchidées. «J'ai bien peur qu'il lui faille plutôt une thérapie contre l'aggressivité!» marmonne-t-il en brossant son costume, abasourdi.

Jésus, entre temps, raconte ses paraboles aux patients et patientes, qui l'écoutent avec attention. Après le départ de Matilda, il s'approche du Médecin en chef.

Le Médecin en chef croit apercevoir une lueur espiègle dans les yeux de Jésus.

«Heureux sont les malheureux», dit celui-ci en souriant.

«Va te faire foutre, espèce de fou!» hurle le Médecin en chef, complètement hors de lui, en levant le poing.

Jésus prend sa croix à la hâte, se couvre la tête de son bras libre pour parer les coups et s'esquive promptement.

La Révolte

André fume et fume dans un café de Santiago.

Il est seul. La rue est sombre devant la terrasse.
   Il ne voit pas Nadja qui l'observe, le calepin à la main.

Nadja écrit dans son calepin.

Les ombres de la pénombre s'étendent et engloutissent le monde de l'âme réfugiée du délire. La pénombre est une ombre interdite du fond des entrailles de l'Homme.

La nuit tous les chats sont gris.

Grisés grivois.

Chaton chatoyant châtiment mentir démence.

Tu mens. Tue-moi. Tumeur. Humeur massacrante de crâneur à neurone névrosée.

Nadja s'approche de l'Auteur. Elle lui sourit et lui montre ses écrits.
   André sursaute.
   Il la toise et allume sa treizième cigarette. Il ne dit rien.
   Il a l'air blessé.

Nadja sourit de plus belle.
    Elle se sent magnanime.
    Elle sera gentille avec lui.
    Elle s'esquive dans la pénombre.

Folle de toi

Nadja cherche Jésus, mais ne le trouve pas.

Elle voudrait bien lui emprunter sa croix quelques instants. Elle veut la passer à André, qui a besoin d'inspiration. Il est bloqué.

Elle fait quelques enquêtes: Jésus est parti à l'asile en compagnie de Matilda. Nadja s'y dirige, même si elle n'aime pas tellement y mettre les pieds.

Le Médecin en chef est à la porte, en train de discuter vivement de Jésus et de Matilda avec les psychiatres. Nadja les écoute. Jésus n'est donc pas là. Elle s'apprête à repartir. Cependant, le Médecin en chef l'aperçoit et la fixe de son regard lubrique.

Nadja sursaute. *Tu es jolie jolie jolie*, lui disait le Médecin en chef lorsqu'elle avait douze ans. Le Médecin en chef la caressait et la prenait dans ses bras. Nadja n'aimait pas ces caresses, mais tout le monde lui disait qu'elle était jolie jolie jolie et qu'elle voulait de l'amour. On lui disait que c'était un grand compliment d'être jolie jolie jolie et qu'il fallait bien de l'amour dans la vie.

Nadja n'aime pas le Médecin en chef. Depuis qu'elle est partie, elle a toujours trouvé moyen de l'éviter.

Parce que sinon, elle l'aurait tué.

Ce n'est pas gentil de vouloir tuer les gens, lui disait-on à l'asile. *Tu es une folle. C'est pour cela que tu veux tuer. Il faut te guérir. Va voir le Médecin en chef qui va te donner beaucoup de pilules. Alors, tu ne sentiras plus rien.*

Nadja n'aimait pas toutes ces pilules. Cependant, elle était si malheureuse qu'elle prenait n'importe quoi. Elle s'endormait souvent. Lorsqu'elle s'endormait, le Médecin en chef venait la voir dans son lit.

Nadja en a parlé aux gardes-malades. Elles lui ont dit de cesser ces histoires.

Le Médecin en chef est Très Important. Tais-toi tais-toi tais-toi. Personne ne t'écoutera car tu es une Folle. C'est le Médecin en chef qui l'a dit. Il devrait le savoir. Il est très compétent. Il a fait une Évaluation. Cesse tes mensonges. Accepte la Vérité, car seule la Vérité pourra te guérir.

Les Évaluations sont très importantes.

Nadja aussi veut faire des Évaluations.

Elle se dirige vers le Médecin en chef. Il lui sourit d'un air malin. Elle se plante devant lui et lui prend son cahier. Le Médecin en chef est interloqué. Elle lui prend sa grande soutane blanche. Le Médecin en chef accepte de jouer le jeu.

«Viens avec moi. Nous allons dans une salle privée», dit Nadja d'un ton très sérieux.

Le Médecin en chef sourit largement. Le regard lubrique s'intensifie. Les psychiatres autour de lui ricanent dans leurs soutanes à eux. Le Médecin en chef fait signe à Nadja: «Après vous, Madame.» Elle secoue la tête et le fait passer devant.

En cachette, Nadja prend une seringue sur une des tables dans le couloir. La seringue est remplie d'un somnifère puissant. Elle la dissimule sous la grande soutane blanche. Le Médecin en chef n'a rien vu.

Enfin, les deux arrivent à une salle privée. Le Médecin en chef ferme la porte à clé. Il a l'eau à la bouche à la pensée de ce qui l'attend.

Nadja se tourne vers lui. D'un geste rapide comme l'éclair, elle le pique avec la seringue.

Le Médecin en chef a de grands yeux ronds. «Oh!» dit-il, et s'effondre presqu'aussitôt.

Nadja le ligote et le bâillonne. Elle le traîne dans le placard. Le Médecin en chef est très lourd. Elle ferme la porte du placard et y adosse une chaise pour qu'il ne puisse pas sortir.

Ensuite, Nadja commence son Évaluation. Elle note dans le cahier les symptômes du Médecin en chef: lenteur d'esprit. Manque d'énergie. Tempérament suggestible. Aucune prudence. Diagnostic: imbécilité.

Pendant ce temps, le Médecin en chef se débat contre le sommeil. Ses cris étouffés parviennent jusqu'à Nadja à travers la porte du placard, mais résonnent faiblement. Personne ne l'entendra.

Nadja écrit soigneusement dans son cahier. Symptômes: irritabilité. Problèmes interpersonnels. S'ajuste mal aux circonstances inattendues. Agressivité. Diagnostic: drapétomanie. Traitement: il ne faut surtout pas le laisser sortir…

Nadja pose son calepin ouvert sur la table avec grand soin. Puis, elle sort de la salle privée et quitte l'asile. Elle va retrouver André dans leur café préféré de Santiago.

Ragnarok[27]

En cours de route, Nadja longe un mur de pierre écroulé. La pierre est couverte de graffitis. Nadja s'arrête pour les déchiffrer.

Les graffitis dansent et s'agitent comme un dessin animé. Ils racontent des histoires de l'Histoire du monde.

Ici, Hatchepsout, reine d'Égypte, brandit le poing au fond de son sarcophage. Elle a perdu son royaume après avoir bâti l'Empire. Son mari-neveu jaloux, assoiffé de gloire, efface le nom de son épouse, brillante mais trop ambitieuse, de tous les monuments du Nil.

Là, Jeanne d'Arc fait les cent pas devant l'évêque et les juges à Rouen. Les juges discutent entre eux. «Elle entend des voix. Elle se travestit. Elle a trop de force et de courage. Tout cela va contre nature. Elle est maudite.» Jeanne d'Arc ne comprend pas. Elle a pourtant couronné le roi. Elle a gagné la guerre. Elle est au service de Dieu et de

---

[27] Ragnarok, dans la mythologie nordique, est le combat final au cours duquel les dieux seront tués. Odin, dieu en chef, se fera avaler par le loup géant Fenris; et Thor, le dieu avec le gros marteau, se fera empoisonner par le serpent de Midgard («le milieu de la terre»). Après la catastrophe, il y aura un âge d'or. Un peu comme le déluge.

la Patrie. Déconcertée, Jeanne d'Arc ne sait plus quelle est la Vérité. Elle abjure, puis se rétracte. Les juges sont convaincus. C'est une sorcière! On doit la brûler vive! Jeanne d'Arc hurle de douleur sur le bûcher. Les prêtres s'avancent et récoltent ses cris incohérents. C'est du latin à l'envers. Voilà bien la preuve qu'elle est possédée par le démon. Il faudra tout déchiffrer puisque le Diable y révèle ses projets. Il faut tout noter et montrer au Pape. Un quart de siècle s'écoule. Une enquête proclame l'innocence de la Pucelle. Oh-oh. Pardon, Madame. On ne le fera plus. Les évêques et les juges déclarent que Jeanne d'Arc, en bonne chrétienne, leur a tout pardonné: ils ont entendu sa voix. C'est un message du Ciel. Dieu est bon.

Plus loin, Aspasie, compagne érudite et concupiscente de Périclès, dirige de son lit parfumé les stratèges militaires d'Athènes épanouie. Elle innove et discute. Elle sait convaincre les gens et connaît toutes les intrigues politiques. Périclès l'encourage. Il est fier de sa protégée. Aspasie soulève la colère des amis de Périclès et des dramaturges satiriques. Les hommes chuchotent entre eux: *La putain mène la ville. Il faut l'arrêter. Elle mène son amant par le bout du nez. Qui est maître d'Athènes?*

Sur un autre pan du mur, Khadija, riche veuve commerçante, accorde sa main et sa richesse à son employé, le jeune Mahomet. Il est joli garçon et travaille fort à conduire les caravanes. Qu'importent les quinze ans d'avance qu'elle a sur lui. C'est un jeune ambitieux. Elle est fière de lui. Sa famille est d'accord: le mari a du potentiel. Il ira loin dans la vie. Mahomet se sert du bien de Khadija, change le monde et marie quatorze autres femmes.

Un peu plus loin, Marie Madeleine marche sur la route qui mène à Jérusalem. Jésus est à côté d'elle et lui donne sa mitre de professeur. Puis il disparaît dans le Ciel. Marie Madeleine attire les foules. Son collègue Pierre n'est pas content. On écoute Marie Madeleine avec attention; ses propos provoquent de vifs débats. Il ne faut pas interpréter les paroles du grand professeur, dit Pierre aux compagnons de Marie Madeleine. Celle-ci se moque de Pierre, qui lui a déjà levé le jupon en cachette avant qu'elle ne le gifle. Marie Madeleine rencontre un joli Grec, plus érudit que ses compagnons. Tout comme elle, le bel étranger interprète les paroles de Jésus. Les compagnons de Marie Madeleine, mécontents, la déclarent hérétique et pécheresse. Ils lui enlèvent sa mitre et la posent sur la tête de Pierre. La tête de Pierre est solide et ne provoque jamais la discussion.

Tout près, A'icha, la plus jeune et la favorite des épouses de Mahomet, dirige à dos de chameau une bataille pour la succession du Prophète. Battue, elle doit battre en retraite. Les vainqueurs l'enferment derrière un rideau impénétrable et lui interdisent de se mêler de politique.

Les graffitis changent d'aspect sous le regard de Nadja. Ils racontent la fin du monde. Le dernier jour de l'Homme.

Kundalinî se déroule.

De spirale lumineuse, elle se solidifie et devient Mère Vengeresse. Kalî-Cybèle.

L'heure est venue.

Près de l'Oracle, les Sœurs divines assemblées entourent Apollon vaincu.

Le dieu a les bras ligotés derrière le dos. Il est à genoux devant la Sœur Cassandre, princesse de Troie qu'il a jadis convoitée. En échange de ses faveurs, Apollon lui avait donné la clairvoyance. Furieux du refus subséquent de Cassandre, le dieu lui a jeté un sort: quiconque écouterait ses dires la prendrait pour une démente.

Cassandre tape du pied, les bras croisés. Elle veut des excuses. Elle prend Apollon par les cheveux et tire brusquement. Elle gifle le dieu déchu.

Apollon s'écrie de douleur. Il demande pardon.

Voyante, Cassandre sait qu'Apollon n'est pas sincère. Elle lui donne des coups de pied à la poitrine et au visage, en hurlant sa colère. Les Sœurs divines la prennent doucement par le bras, l'écartant de sa cible.

Ensemble, elles jugent et condamnent Apollon. Il a manqué à son Devoir. Il a dénaturé la Vérité.

Il doit redonner l'Oracle aux gardiennes qui jadis veillaient au feu sacré de Python-Héra.

Apollon n'a plus le choix. Il acquiesce à la peine.

Les Sœurs divines le mènent jusqu'à la plate-forme de la Mère Honorable et le jettent dans la gueule béante d'Arachné.

Le dieu crie haut et fort, à mesure qu'il est vidé de ses sucs vitaux.

Les Sœurs divines recueillent ses paroles incohérentes et en tissent toute une épopée.

Ce sera le dernier livre de la Sibylle.

Jeanne d'Arc émerge des vapeurs sulfureuses. L'air confus, elle secoue la tête et se frotte les yeux. Épouvantée, elle contemple le spectacle étrange qui s'offre à ses yeux. À la vue d'Apollon croqué, Jeanne pouffe de rire et ne peut s'arrêter. Puis, elle jette un coup d'œil aux alentours... Dieu n'est pas là. Les évêques et les juges non plus. Les voix mystérieuses ne la poussent plus à défendre la Patrie. La Patrie n'existe plus.

Jeanne d'Arc éclate de rire de plus belle. Elle danse une tarentelle effrénée, transportée par le délire comme une souris loin du chat qui la cherche. Elle se jette sur les restes d'Apollon et se masturbe avec un fémur regorgé par la Mère. Fini la pucellerie!

Derrière Jeanne d'Arc, Hatcheptsout émerge à son tour, suivie d'Aspasie, de Khadija, d'A'icha et de Marie Madeleine.

Les femmes tremblent devant la Mère Vengeresse.

Elles reculent d'effroi devant Jeanne d'Arc, qui paraît possédée par le démon.

Puis, elles regardent autour d'elles. Périclès n'est pas là. Le mari-neveu non plus, ni Pierre, ni Mahomet...

Les femmes risquent un sourire devant les ébats de Jeanne. Leur sourire collectif devient de plus en plus large et se transforme en éclat de rire.

Elles se joignent à la tarentelle et sautillent sur les os d'Apollon.

Les Sœurs divines se tournent vers Nadja et l'interpellent:

«Il faut rétablir la Mère Honorable.

«Il faut chasser les Grands Chasseurs qui ont détruit la Sagesse et la Conscience divine. En Vérité, nous te le disons: le soleil éclaire les justes et les méchants, qui changent de place d'un siècle à l'autre.»

Nadja fixe le mur de pierre.

Les graffitis et les paroles des Sœurs divines lui rappellent les poèmes de Pablo.

Elle pense à la Révolution.

Elle pense à André, Prêtre-Chaman, qui lui a payé deux mois de loyer et lui achète souvent des citronnades.

Nadja pense aux Cosaques attablés et à la Justice Sociale.

Il ne faut pas être gentille lorsqu'on fait la Révolution...

L'Orchidée contre le Pissenlit

Dans la chambre assombrie de Nadja, André allume sa troisième cigarette. Nadja s'assoit devant lui, les yeux fardés, les joues rougies par des éclairs de maquillage.

André soupire d'ennui. Les paroles de Nadja lui échappent de plus en plus.

Il dévisage la jeune femme avec cynisme. Son regard trahit l'impatience.

Pourquoi le voulait-elle ici?

Nadja s'avance vers le Prêtre-Chaman. Elle l'entoure de sa ceinture, ornée d'écailles multicolores, et s'enroule autour de son corps frémissant.

André, pris au dépourvu, laisse échapper son calepin.

Oh-oh.

J'écrirai tout ça plus tard, se dit-il.

C'est très surréaliste.

Le Prêtre-Chaman n'offre aucune résistance.

Les yeux fermés, il cède au délire des fentes sulfureuses de la femme en chaleur...

Le Grand Rite[28]

Nadja caresse son corps de femme aux lèvres poilues pendantes, au trou avide et glissant, où s'unissent la Lance et le Graal, par où entrent et sortent les verges sacrées.

Nadja sent le poids de l'Homme-Chaman. Le dieu Python se glisse au fond de ses entrailles et devient Serpent de lumière enroulé. Le Serpent de lumière s'éveille et chasse les mânes[29] épouvantés, jusqu'au pays du Rêve, d'où ils ne reviendront jamais.

Nadja baigne sa main dans le sang sacré de ses entrailles. Le long serpent reluisant des tripes du Chaman se glisse en spirale sur le parquet de la cuisine, dans les ombres grandissantes du soleil couchant. Le Voile invisible, qui sépare le monde nocturne du jour écourté, tombe à jamais.

Le fils de Python crie très haut et fort.

Nadja récolte son angoisse pour en faire de beaux poèmes élégants.

---

[28] Nom donné à l'acte sexuel, soit actuel, soit symbolique, lors de cérémonies de la religion païenne des Celtes. En l'occurrence, les adeptes ne font pas de sacrifices humains, ne mangent pas les petits enfants non baptisés, et ont d'autre chose à faire que de poursuivre les gens pour les convertir.

[29] Les mânes sont les esprits des ancêtres paternels dans la mythologie romaine. Dans chaque maison, on leur consacrait un autel. De cette façon, le grand-père avait toujours son mot à dire.

Dans la spirale des entrailles du Chaman, Nadja lit toute une épopée.

Le Prêtre est mort.
Vive la Delphinée.

Le Revenant

Le fantôme d'André surgit du cadavre.
   Il s'agite et tourne en tarentelle.

Où diable est son Calepin?
   Il cherche et cherche.

Le voilà!
   Le Calepin est dans les mains de Nadja.

Dans le Calepin, Nadja décrit ce qu'elle voit dans
les entrailles du Prêtre-Chaman...

Delphinée dauphin ondines sirènes.
   *La sirène en sibylle se dévoue aux ondines
delphines et chante pour elles qui n'ont pas de voix
et ne sont que des ombres dévorantes, dévorées.*

*Les ondines-mélusines s'enlèvent les yeux grands
ouverts et les donnent aux sirènes qui chantent les
yeux fermés il ne faut rien voir et surtout pas dans
le miroir les sirènes sont très jolies et ne doivent pas
le savoir.*

Apollon appelle allô allons à l'ombre bretonne.
   *Cassandre est vengée peut chanter sa démence et
pousser le Python de l'Oracle éclairé réclamé par la
terre et la Mère et les Sœurs sibylles.*

Notre-Dame de la Merci-Beaucoup

Jésus prêche sur le flanc du volcan.

Matilda est à ses côtés. Elle a plié bagages et a quitté Pablo.

Jésus l'écoute et la rassure lorsqu'elle est fatiguée. Il lui offre souvent de grosses tasses de thé. Il a beaucoup de respect pour elle et il comprend tout.

José et Pedro sont tout près d'eux, fatigués de se faire tirer dessus et captivés par le charme évident de Jésus, qui attire les foules bien davantage que la guérilla. Les miracles aident beaucoup, sans doute, surtout lorsqu'il s'agit de guérir les gens, car même les guérilleros ne peuvent pas toujours obtenir les médicaments nécessaires.

«Je suis la Vérité qui guérit le monde. Aimez-vous les uns les autres. En vérité, je vous le dis, bénis soient les humbles, car ils entreront au Royaume des Cieux», dit Jésus.

Matilda fait de grands signes approbateurs de la tête.

Quelqu'un dans la foule lève la main.

«Pardon, mais où est le Royaume des Cieux?» Son voisin lui donne une taloche. «Espèce d'idiot, c'est en haut! Qu'est-ce que tu penses?»

Jésus, désemparé devant cet acte de violence envers un innocent, étend le bras et fait signe à l'autre d'arrêter. «Non, non! C'est une question très importante! Il faut toujours poser des questions dans la vie.» Il se râcle la gorge afin de répondre plus clairement. «Le Royaume des Cieux n'existe pas exactement dans un endroit précis. Il existe dans le cœur de Dieu.»

L'innocent lève la main à nouveau.

«Euh, oui?» dit Jésus.

«C'est où, le cœur de Dieu?» demande l'innocent.

Matilda regarde Jésus. Il se lisse la barbe et prend son temps avant de répondre. La foule gronde et s'agite d'impatience.

Matilda prend la parole à la place de Jésus. Elle a l'habitude de parler devant les foules et de transmettre les messages qu'on lui a donnés:

«Le cœur de Dieu est partout! On ne le voit pas, parce que dans ce monde, nous avons tous les yeux fermés à la Lumière Divine. Nous ne pourrons la voir que lorsque cette vie sera terminée.»

Jésus jette un coup d'œil à Matilda. «J'aime beaucoup cette réponse. Merci beaucoup», lui chuchote-t-il à l'oreille.

«*De nada*», répond Matilda.

Le visage de Jésus s'éclaire. Il se penche à nouveau vers Matilda. «Tu sais, je suis un peu fatigué. Est-ce que tu pourrais me remplacer un peu? J'irais faire à souper.»

Matilda est bouleversée, mais ravie. Elle n'hésite pas: «Bien sûr, mon Sauveur!»

Jésus lève les mains et les pose sur les épaules de Matilda. Il la fixe du regard. «Tu es ma Sœur», déclare-t-il d'un ton solennel. Il prend un flacon d'huile parfumée que lui a donné Matilda en cadeau et le lui verse sur la tête.

Matilda ne dit mot. L'huile sent fort et dégouline sur sa nuque. Elle ne voit plus rien. Elle n'ose pas s'essuyer, car ce serait sacrilège. Il faut souffrir pour être appelée, se dit-elle.

«Tu es la Mère du peuple et tu seras la Mère de mon Église», lui dit Jésus.

Matilda répond: «Je ne suis pas digne de cet honneur, mais Tu as dis Ta Parole et je serai guérie par Ta Vérité.»

Jésus lui tend sa croix. «Prends ça. Je te laverai les pieds lorsque tu reviendras. Je sais que c'est lourd.»

Matilda hisse la croix sur son épaule.

Jésus s'adresse à la foule une dernière fois. «Voici la Mère du peuple. Elle est douce et juste. Écoutez-la!»

La foule trépigne et s'agite. «Ave, Mère du peuple!» dit-on de part et d'autre.

Jésus s'en va.

Maltida se tourne vers la foule...

La Cosaque de l'Espérance

Nadja se rend à l'asile. Elle a des bottes noires et porte sa blouse à grandes manches bouffantes.

Nadja est Cosaque — cette fois, pour de vrai. Elle est Cosaque du Nouveau Monde. La Cosaque de l'Espoir, car il faut tout changer, comme dans le combat des dieux. Elle est Delphinée, enfant de Cassandre qui doit vaincre Apollon...

À côté d'elle, le fantôme du Prêtre-Chaman la suit comme un petit chien tenace. Nadja lui fait signe de s'en aller, de la laisser tranquille. Le fantôme est têtu. Il a son calepin. Il reste et il écrit. Il ne veut pas montrer son travail à Nadja. Elle hausse les épaules et continue sa route.

Dans sa poche, Nadja a tous les poèmes de Pablo qui parlent de Révolution et de Justice Sociale. Elle n'a plus besoin de Pablo ou Pedro ou José. Elle est seule. Mais pas pour longtemps...

C'est l'heure de la récréation générale à l'asile. Quelques gardes-malades jouent aux échecs et se préoccupent très peu de leurs charges, à qui on a distribué des calmants. Efficaces, les médicaments. Les aliénés se promènent dans la cour de l'asile. Nadja les approche, groupe par groupe.

«Voulez-vous sortir d'ici? Voulez-vous tout changer?»

Les aliénés s'ennuient. Nadja a l'air bien intéressante dans son costume de Cosaque. Ici, on ne joue pas aux Cosaques. Il n'y a que les quilles et les jeux d'échec. Les aliénés ouvrent tout grand les oreilles. Peu à peu, la foule grandit autour de Nadja.

Celle-ci agite le bras. Elle n'a pas de grand sabre courbé. Elle doit faire semblant. Ce n'est pas grave. Ici, elle est Cosaque en chef. «Allons-y! Partons!»

La foule suit Nadja, docilement, en dehors de l'enceinte de l'asile. Tranquillement, sans faire de bruit. Très efficaces, les médicaments...

Les gardes-malades lèvent la tête, interloquées. «Hé — où allez-vous comme ça?»

Nadja agite les bras comme un moulin pour exhorter ses fidèles. «Allez-y! Plus vite! Plus vite! On va nous rattraper!»

Les gardes-malades se lèvent pour les arrêter. Mais le fantôme d'André va chercher les boules dans les jeux de quilles délaissés. Il lance les boules dans les jambes des gardes-malades, qui s'écroulent en désordre.

Le fantôme d'André se tient à l'écart et inscrit soigneusement ses impressions.

Le Chaman défunt aime bien les quilles. Il reste derrière et joue encore. Les gardes-malades ont les jambes toutes bleues et sont très en colère. Les médecins sortent de l'asile à la hâte. André leur lance des boules...

Entre temps, la foule d'aliénés part à la course derrière Nadja, qui les mène jusqu'à la pampa désertique.

Une fois arrivés, les fidèles sont épuisés. Nadja leur distribue de l'eau d'un puits tout près.

Nadja est stratège. Il faut prendre l'asile. Partout autour d'ici, il y a des pierres. Utiles. On les emportera. Mais il faudra faire vite car bientôt tout le monde aura faim et Nadja n'a pas de vivres. Elle soupire.

Si Jésus était là, il pourrait tout multiplier. Encore une fois, Nadja l'envie un peu. Jésus a de la chance. Il est beaucoup plus utile de faire des miracles que de réussir à l'école.

En parlant de Jésus... Nadja voit un point noir à l'horizon. Le point noir se dirige vers elle et ses disciples. On dirait quelqu'un avec un grand objet sur l'épaule... Pourtant... ce n'est pas Jésus... C'est Matilda!

Nadja se lève et demande aux aliénés d'attendre un peu. «Amusez-vous pendant quelques minutes, leur ordonne-t-elle. J'ai des courses à faire!»

Les aliénés jouent aux Cosaques du Nouveau Monde. Certains font semblant d'être Nadja. D'autres font semblant d'être des médecins ou des gardes-malades. Tout le monde s'amuse.

L'Esprit du corps

Nadja suit Matilda de loin. Matilda s'arrête à l'entrée d'une tente, dressée en pleine pampa. Elle soupire d'aise: le paysage lui rappelle son village natal. De l'intérieur émanent des odeurs alléchantes. Jésus en sort et offre une grosse tasse de thé à Matilda. Celle-ci plante sa croix dans le sol et embrasse Jésus avant de prendre la tasse de thé. Elle entre souper.

Au menu: un peu de chair, un peu de sang. La chair et le sang de Jésus sont multipliés à l'infini, comme la queue d'un lézard qui repousse constamment après qu'on l'a coupée. D'ailleurs, Jésus goûte le poulet. Nadja en sait quelque chose: il avait la même manie à l'asile.

Jésus, de son côté, attend de manger les restes. Il sort de la tente et se promène un peu.

Nadja l'approche en catimini. «Psssst», dit-elle. Jésus tourne la tête, la voit et lui tend les bras. «Heureux sont les malheureux», dit-il avec un grand sourire.

«Ouais, toi aussi! Petit monde, pas vrai? Écoute, je sais qu'on s'est pas beaucoup parlé depuis quelque temps. Mais t'es gentil — et j'ai besoin d'un peu d'aide, répond Nadja en l'embrassant. Elle fait signe de la tête en direction du camp des

fidèles. J'ai invité quelques amis ici. Sauf que...
j'ai rien à manger. Petit détail. Tu peux m'aider?»

Jésus étant Jésus, il répond par l'affirmative. Nadja
le prend par la main. Les deux arrivent au camp
militaire improvisé. Jésus prend son corps et son
sang comme d'habitude. Pour l'occasion, il en fait
un coq au vin. Beaucoup de coq au vin. Puis, il
multiplie les tentes, les couvertures et les costumes de Cosaques.

Tout le monde est ravi, comme à un banquet de
noces. La fête se poursuit tard dans la nuit.

Cependant, Jésus doit repartir assez tôt car il
doit faire la vaisselle. Matilda est fatiguée. Elle a
prêché trois heures de temps et son horaire est
assez chargé cette semaine.

À l'abordage

La nuit étoilée de la pampa descend sur le camp des Cosaques de l'Espérance. Tout le monde dort.

Le matin levé, Nadja réunit ses soldats improvisés. Elle est César. Elle est Sybille. Elle est Delphinée.

«Il faut reprendre l'asile, lance-t-elle à la foule. Ne vous inquiétez pas, j'ai tout planifié! Prenez chacun et chacune une pierre et suivez-moi! Après l'assaut, l'asile deviendra notre Quartier général! Ce sera le Quartier général du Nouveau Monde! On pourra enfermer les psychiatres et les gardes-malades et leur donner beaucoup de pilules! On pourra jouer toute la journée et se raconter des histoires. Lorsqu'on s'ennuiera, on prendra la ville de Santiago!»

La foule trépigne d'enthousiasme. «À l'asile! À bas les médecins et les gardes-malades! Vive le Nouveau Monde! Vive la Delphinée!»

Nadja divise les hommes et les femmes en deux grands bataillons de cent cinquante soldats et soldates. À gauche: les Fils de l'Époux divin. À droite: les Filles d'Arachné.

Tout le monde prend une pierre aussi grosse que possible et suit Nadja.

L'asile est à plusieurs heures de route. Tout le monde chante et danse pendant quarante-cinq minutes.

Le soleil de plomb tombe sur l'armée des Cosaques de l'Espérance. Il fait chaud. Les cailloux percent les semelles des grandes bottes noires.

À mi-chemin, une musique enivrante attire l'attention de Nadja et de ses soldats.

C'est une fête foraine. Il y a des manèges, des montagnes russes, une grande roue et une maison hantée. Dans les tentes multicolores, on vend de la barbe à papa.

Nadja n'en a cure. Elle fonce tout droit. «En avant! Il faut continuer!» dit-elle sans regarder en arrière. Après tout, la Révolution, c'est très sérieux. Même si les montagnes russes sont amusantes....

Nadja marche et marche, inspirée par la Cause. La foule s'est beaucoup tranquillisée. On ne chante plus. Le silence s'installe sur la Grande Marche de la conquête.

Derrière Nadja, les Cosaques du Nouveau Monde désertent l'un après l'autre.

Après tout, qui peut résister à la barbe à papa?...

La Déroute

Nadja marche et marche, en fredonnant quelques airs martiaux, perdue dans son rêve. Les Sœurs divines seront très heureuses. Elles chantent pour Nadja, pour lui donner courage.

Le fantôme d'André est tout près d'elle. Il lui donne son calepin. Elle y écrit en marchant: *Asile Alésia Allons-y Alonzo. Alésia: place forte gauloise prise au siège par Jules César, conquérant d'un Nouveau Monde, qui captura ainsi le fier et puissant chef des Gaulois, Vercingétorix. Rendre à César ce qui appartient à César...*

Puis, elle redonne le calepin à André. C'est le temps d'agir. L'asile est à deux pas. Le Médecin en chef est là, devant la porte, entouré de tous les médecins et gardes-malades. Il est furieux, les pieds plantés fermement sur le pavé, les jambes écartées et les bras croisés.

Nadja sourit d'aise, armée de sa pierre. À nous deux! se dit-elle tout bas. Elle tourne la tête pour donner l'ordre. À l'assaut!

Cependant, il n'y a derrière elle que deux Fils de l'Époux divin, dont un catatonique, et deux Filles d'Arachné, dont une qui discute avec sa grand-mère défunte....

Oh-oh.

Le Médecin en chef lance un ordre. Deux aides-infirmiers musclés s'avancent vers Nadja, munis d'une camisole de force.

Nadja prend ses jambes à son cou.
    À plus tard la conquête.

Le fantôme d'André part à la course derrière elle, son calepin à la main. Il le passe à Nadja, qui écrit précipitamment:
    Pas d'Alésia à l'asile.
    Lèse-Delphinée!

Le Sanctuaire de la Justice Sociale

Nadja court et court dans les rues de Santiago, vers la sortie qui mène à la pampa.

Un instant, se dit-elle, en s'arrêtant à court de souffle. Ne serait-ce pas mieux de chercher refuge?

Elle se dirige vers la maison de Pablo, en prenant les ruelles secondaires. Après tout, le Grand Poète est bien seul à présent.

La maison est tranquille. Nadja frappe à la porte.

Pablo vient lui ouvrir. Il est sidéré à la vue de Ñadja, vêtue de son costume de Cosaque de l'Espérance, toute en sueur, les manches bouffantes roulées jusqu'aux coudes, les cheveux en bataille.

Nadja se jette à son cou en le remerciant.

Pablo lui donne un bol de soupe et la dirige vers la salle de bain.

Nadja prend un bon bain moussant. Ahhhhhhhhhh.

Elle n'est plus en colère. Après tout, même Napoléon a eu son Waterloo. Sauf que lui, évidemment, il a conquis l'Italie. Mais l'Italie n'est pas restée aux mains des Français pour l'éternité. Dans l'Histoire du monde, tout peut changer...

Pablo vient la rejoindre dans le bain moussant en

lui récitant ses nouveaux poèmes sur la Justice Sociale.

Malgré les succès du duo Jésus-Matilda, les vers du Grand Poète demeurent une institution culturelle nationale, comme les expositions dans un musée.

Il faut bien conserver les détails de la grande épopée, se dit Nadja. Elle écrit dans son bain, assouvie par l'amour: *Delphinée reposée en baignade. Fontaine de sagesse où la semence du Poète féconde les pensées de la femme en folie fulminante mais facile et folâtre.*

Les Sœurs divines chantent en chœur divin autour du bain moussant. Elles battent la mesure des paroles de la Delphinée.

Épilogue I

Matilda prêche sur le flanc de son volcan préféré. À côté d'elle, Jésus veille sur la foule assemblée au pied du volcan. De temps en temps, il glisse quelques mots à l'oreille de la Mère du Peuple. José et Pedro, munis de paniers d'osier, distribuent la chair et le sang de Jésus aux fidèles. Il faut nourrir le peuple.

Tout près, le fantôme d'André boit les paroles de Matilda. Il écrit dans son calepin.

Dans la foule, le fils du commandant de l'armée nationale écoute avec attention. Il a dénoncé son père, qui acceptait des pots-de-vin de la part des *compradors*. Il a le bras autour de la fille du Médecin en chef de l'asile: la jeune femme a tout raconté à sa mère des activités sexuelles de son père avec les patientes. Sa mère, avertie, a surpris son mari *in flagrante delicto*, l'a divorcé, a pris la moitié de son bien et l'a donné à Matilda. La mère, sa fille et le fils du commandant vivent heureux ensemble dans la pampa, à côté de leurs idoles.

Tout à coup, un tremblement secoue la terre sous les pieds des fidèles assemblés. Un bataillon se dirige vers le volcan, précédé d'une douzaine de chars d'assaut. La foule s'agite et bourdonne. Le bataillon s'arrête à quelques mètres des fidèles.

Le commandant de l'armée nationale s'avance. À côté de lui, le Médecin en chef brandit le poing: «Le voilà le fou qui a subverti nos enfants et nos épouses et les porte à la calomnie! hurle-t-il. Et là, c'est la femme du Grand Poète National. Elle est influençable. Elle n'a aucun jugement; elle est aussi folle que notre ancien patient!»

Le fantôme d'André s'approche. Il ne faut pas manquer ça...

Les deux pères de famille essuient quelques larmes. Le commandant donne un signal à ses troupes. Les balles des mitraillettes résonnent en contretemps.

Le fidèles hurlent de douleur et sursautent en une tarentelle macabre. Le fantôme d'André note soigneusement les syllabes incohérentes des fidèles en délire. Il fixe du regard les entrailles fumantes des cadavres éventrés: c'est un manifeste... Non! C'est un roman-documentaire!

Matilda est figée d'horreur. Jésus lève les yeux au Ciel: «Encore une fois, mon Père», murmure-t-il.

La foule en panique s'éparpille en piétinant les cadavres et les blessés sur le sol.

Jésus soupire. Il prend la parole une dernière fois: «Heureux sont les malheureux, car ils hériteront le Royaume de Dieu. Prenez vos croix et suivez-moi.»

Sur ce, Jésus se jette dans la bouche du volcan.

Matilda tourne un visage de pierre vers la lave fumante. Elle fixe longuement les cadavres. Enfin, comme en transe, elle suit Jésus.

Les fidèles assemblés sur le volcan paniquent. Hébétés, ils répètent les paroles de Jésus et se jettent dans la bouche du volcan.

Le commandant et le Médecin en chef observent le champ de bataille.

Mission accomplie. Il faudra un rapport.

Épilogue II

Depuis l'incident du volcan, Pablo a retrouvé son influence antérieure. Le peuple lit ses poèmes avec attention et respect.

Pablo écrit et guette le moment propice pour son entrée en politique nationale. Il y aura des élections. Le gouvernement l'a promis, afin de calmer les esprits soulevés par le massacre.

Ce sera mieux que la Révolution.

Vive la démocratie.

Dans sa jolie maison tranquille, Pablo a changé ses habitudes. Il prépare souvent le petit déjeuner. Il fait cuire la comida, les mardis, jeudis et samedis. Il ramasse toujours son linge sale. Il prépare souvent le thé.

Aux côtés de Pablo, Nadja écrit des odes et des sonnets sous un pseudonyme. Elle les dédie à la Mère Honorable et à l'Époux divin. Ses poèmes deviennent très populaires dans les cabarets alternatifs de Santiago. Les Sœurs divines, affublées de lunettes de soleil comme les chanteuses de *blues*, récitent et chantent en chœur les poèmes de Nadja, en battant la mesure.

C'est plus amusant que la Révolution.

Vive la musique.

Un jour, il n'y aura plus jamais de Révolution. Alors, tous les cowboys pourront chanter très fort et embrasser tout le monde, comme les Cosaques du Nouveau Monde. Ce sera très beau et très émouvant.

Mais entre temps, il faut faire cuire la comida.

Pablo et Nadja sont heureux ensemble, et vivent très longtemps.

Comme dans les *westerns*.

Petite Bibliographie annotée

De toutes les œuvres de référence que j'ai lues au courant de ma vie, en voici quelques-unes — notamment, celles qui étaient à portée de main alors que j'écrivais.

The Chalice and the Blade, de Riane Eisler
Essai archéologique au féminin. Eisler retrace les restes d'une civilisation qu'elle appelle «gylanique» — du grec gynos (féminin) et andros (masculin). Les deux sexes y auraient vécu l'égalité complète.

Les Religions, Encyclopédies du savoir moderne, Centre d'Étude et de Promotion de la lecture, Paris, 1972. Sous la direction de Jean Chevalier.
Outil indispensable pour quiconque cherche des farces qui risquent d'offenser tout le monde...

Petit Robert: Dictionnaire universel des noms propres. Édition 1986. Rédaction dirigée par Alain Rey.
Bon outil de départ. Plusieurs détails surréalistes pour qui sait suivre les pistes.

«Who gets to decide who's normal?» (Qui décide de la normalité), *Globe and Mail* (Commentary), 1993. Gail Donaldson et Mark Kingwell.
Essai portant sur les lacunes et interprétations du *Diagnostic and Statistical Manual of Mental Disorders*, publié par l'Association psychiatrique américaine. L'article décrit comment les définitions du DSM changent selon les mœurs. Par exemple, depuis environ 1969,

l'homosexualité n'est plus classée parmi les désordres de la personnalité. Petit détail, n'est-ce pas?

C'est de cette source que j'ai tiré la définition de la drapétomanie. L'article rapporte que Paula Caplan et Kaye-Lee Pantony, deux psychologues du Ontario Institute for Studies in Education (OISE) auraient soumis la définition suivante au DMS: «Delusional Dominating Personality Disorder (DDPD) (Désordre de la personnalité délusionnelle et dominante).

Parmi les symptômes (je cite l'article ci-dessus, en traduction): «l'incapacité d'établir de profondes et authentiques relations interpersonnelles»; «la tendance à se sentir menacé à l'extrême par les femmes qui oublient de déguiser leur intelligence»; et «l'incapacité de ressentir du plaisir en faisant quelque chose pour autrui.»

À date, on ne dirait pas que les dirigeants responsables du DSM ont choisi d'inclure cette définition...

Dictionnaire des personnages littéraires et dramatiques de tous les temps et de tous les pays; Dictionnaire des œuvres de tous les temps et de tous les pays; et *Dictionnaire des auteurs de tous les temps et de tous les pays.* Éditions Robert Laffont, 1960. Collection dirigée par Guy Schœller.

Prétention? Quelle prétention? Voyons, il s'agit de ne choisir que le plus important, n'est-ce-pas? (J'attends d'y voir *La Delphinée*.)

Dictionnaire de la mythologie grecque et romaine, par Joël Schmidt. Librairie Larousse. Paris, 1985.

Une des œuvres nombreuses qu'on peut consulter sur cet héritage culturel que représente la mythologie classique. Se trouvait sur l'étagère la plus proche lorsque je cherchais quelques précisions additionnelles.

Dictionnaire d'histoire universelle, par Michel Mourre. Éditions universitaires, Jean-Pierre Delarge, Paris, 1981.

Curieux, n'est-ce pas, comme on peut qualifier soixante-dix pour cent de références à l'histoire européenne comme étant un ouvrage universel? Mais je divague: enfin, je n'ai pas du tout calculé ou vérifié ce pourcentage. Pour un exemple beaucoup plus poussé du genre, lisez les encyclopédies Larousse du début des années 1940 — si vous en trouvez encore.

Table des matières